iHuman
成为更好的人

U0840636

TANIZAKI JUNICHIRO

犯罪小说集

[日] 谷崎润一郎——著
周瑛——译

GUANGXI NORMAL UNIVERSITY PRESS
广西师范大学出版社
·桂林·

犯罪小说集
Fanzui Xiaoshuo Ji

图书在版编目（CIP）数据

犯罪小说集 /（日）谷崎润一郎著；周瑛译．—桂林：广西师范大学出版社，2018.7（2018.11 重印）
（谷崎润一郎作品集）
ISBN 978-7-5598-0791-5

Ⅰ．①犯… Ⅱ．①谷…②周… Ⅲ．①犯罪小说—小说集—日本—现代 Ⅳ．①I313.45

中国版本图书馆 CIP 数据核字（2018）第 062418 号

广西师范大学出版社出版发行
（广西桂林市五里店路 9 号　邮政编码：541004
网址：http://www.bbtpress.com）
出版人：张艺兵
全国新华书店经销
广西民族印刷包装集团有限公司印刷
（南宁市高新区高新三路 1 号　邮政编码：530007）
开本：787 mm × 1 092 mm　1/32
印张：6.5　　字数：107 千字
2018 年 7 月第 1 版　　2018 年 11 月第 2 次印刷
印数：8 301~11 300 册　定价：42.00 元

比起现实，我是以梦为基础生活的男人。

目 录

有前科的人

一

我是一个有前科的人。还是一个艺术家。当我因可憎的道德败坏罪而将被送往监狱的时候，平日崇拜我艺术的俗世里的家伙们会有多么吃惊啊。哪怕犯罪的性质跟女人有关，也会得到这样那样的同情，可是，纯粹因为金钱问题而进行欺诈的话，引起所有人的憎恨也是理所当然的。到最后的最后，对我很好的两三个朋友也在那次事件以后完全放弃了我。不！连我自己也放弃了自己。

“混蛋！为了一点点钱就做出那么肤浅糊涂的事。都已经这样了，我还能被称作艺术家吗？哎呀，被大家称作什么崭露头角的艺术家、旷世奇才之类，连自己也很自恋，可是，落得如此悲惨的下场，难道不觉得可耻吗？”

我对自己这么说。通过这次事件，我觉得最遗憾的是自己的优越感被伤害了。世间那些家伙说我欺诈，被他们叫作坏蛋、道德败坏之徒，我也未必会那么悔恨当初（实际上不道德这一点是我与生俱来的，所以我不觉得被他们这么说有什么不合适）。欺诈也罢，坏蛋也罢，因为我是天才，比俗世里那些善人更加睿智，因此在这点上我相信，我属于比他们优越的种族（即便不信，我也尝试着那样为自己辩护）。但是，应该是优越种族的那些人，触犯了他们制定的法律，应该接受他们社会的制裁，就算被投入监牢，我的心中只要还存有优越感，那么我或许还有呼喊“优越”的权利。好悲伤啊，我已经完全自己看轻了自己。当我的命运与监狱连接到一起时，我以往的傲慢消失得无影无踪，胆小、没有自尊、软弱完全占据了我的头脑。我没脸面对世人、面对我欺诈过的对象。过去我以为我比他们优越，实际上我却不得不感受到我属于远比他们劣等的阶层，智商低下、勇气不够，是个应该被同情的蠢货。最关键的是，在这之前恨我、诅咒我的人，在我入狱以后完全改变了态度，反而对我的先天缺陷充满了怜悯之情。他们完全把我当残疾人，站在一个更高的位置，同情我的毛病，把我的犯罪当作笑话。就这样，连我都认为自己被同情、被视为滑稽之类也是理所应当，我终于逐渐地自感卑微。实际上，变成这样，人也就完了。……

二

那个时候，即便落到那种田地还没有放弃我的人，只有我老婆和朋友村上。我真的必须衷心感谢他们俩。如果没有他们俩，我不知道自己会不会因为某些事就上吊自杀了。

“关于你进监狱这件事，俗世的人不了解你这样的家伙，他们吃惊是理所当然的。可是，你没有必要失望、沮丧呀。你犯了道德败坏罪，这和你平日里的性格一点也不矛盾。你很早以前就知道，在你的一生中，肯定会发生类似于这次的事件。我知道你是那样的人，而且相信你有天分，所以即便现在也相信你。连我都可以预想到的事情，你不会想不到的吧。你并不是因为这次的事情而第一次被人同情。你以前是个非凡的艺术家，同时，也是一个应该被同情的有缺陷的人。只是，在这次东窗事发以前，你总是看着自己优越的方面，往往忘记低劣的方面。但是，即便你忘记了那些，也不代表你不知道。别说不知道了，你不是经常诅咒你那些与生俱来的臭毛病，并为之叹气吗？现在感到狼狈、可惜，已经来不及了。特别是因为这次的事件而丧失自信，岂不是很滑稽？你的自信从一开始就只是因你的艺术而存在。你往往在没有察觉的情况下把旺盛的自信扩展到不合理的范围，把它带到你的整个人格中，这就像我们因为某种食物可口就认为它有营养一样，是错误的。你的人格从一开始就是零，而你的艺术天分从一开始就很了不起。即便今天你成了一个有前科的人，但是这并不妨碍你依然对你的艺术持有自信。人格上残疾的人不能成为一个真正的艺术家，这样的说法虽然也无可厚非，可是，这毕竟只是那些嫉妒你的平庸之辈的世俗说法。对于像你这样应该被鄙视的违背道德的家伙而言，把伟大的艺术品献给世界，就能有力地打破他们的世俗说法。你脑海中的不道德和艺术性的空想既然都是上苍赐予的，就没有办法人为改变。就像我们无法阻止地球转动一样，对于你的犯罪倾向以及艺术感悟我们也束手无策。你之后还会经常做些坏事，会被投入监狱吧。还会发布一些震惊天下的作品吧。你和小偷扒手都是同一个种族的人，同时还可以跃进但丁、米开朗琪罗的世界。你一方面意识到自己是一个不能大摇大摆走人间正道的丢人的残疾人，一方面又始终自恃才高。”

三

这些话，村上写在了一封很长的信上，寄到了我的身边。我读了那封信，平生第一次体味到感激的泪水（我原本就和其他罪犯一样是生来爱哭的人，很爱哭的。但真正地发自内心深处地流泪，只有那次）。那封信确实是救了我。自从读了那封信，我突然感受到生命的珍贵，不再想自杀的事了。我曾一度放弃了自己，现在自信再一次突然间从远方而来。“因为我在社会生活方面是一个残疾人”——从这个前提悲观地得出了下面的结论：“属于应该被鄙视的劣等人种。”但是，从同一个前提还得出了另一个结论：“我的艺术是天才般的。”反思自我，过去所犯的罪令我感到羞耻，同时，我又不得不相信自己拥有艺术天分。我的勇气增长了百倍。我把村上的来信放在膝盖上，静静地凝视着它，想了很多……

原来如此，按照村上所说，我是一个应该被鄙视的违背道德的家伙，关于这一点，不论是我还是一部分朋友，很早以前就很清楚。实际上迄今为止，我多次欺诈盗取他人物品。在此次东窗事发之前，为什么这一点没有成为特别严重的问题呢？我的友人、崇拜者和父母等人，虽然以前都纵容我这个恶棍，可是当我的行为正好触犯了法律的时候却一下子变得看不起我，这是为什么呢？我被送到监狱这个事实给了我一个作为罪人的漂亮形式，但只靠这一点并不能表明我的内涵发生了变化。他们喜欢我、崇拜我、保护我的理由，如果出于我是天才这一点的话，就没有理由因为我的境遇发生了外在变化，而突然摒弃我、厌恶我。顺着这个思路想的话，村上的态度是坚决的。或许是我比较自恋，他认可我的天分，也就证明了他是一个天才。

或许那些俗人以前并没有认为我是如此无耻吧。他们甚至以为我使的那点坏往往是艺术家不守规矩的结果，并不是真正的坏人。文明社会的人基本不会把别人当作坏人的。只要不是石川五右卫门[1]或者村井长庵[2]这样的人，不是安特那样的恶党，一般的罪人都会被划入好人的队伍吧。他们如果不相信“我们所活的世界里好人多”，就会很不高兴。因此，他们一旦在自己周围发现坏人，就从各个方面对那个人的心理状态进行解释，为他辩护，为他编造各种各样的借口，把他当作好人。而且，他们懂得这种解释是现代的。

1　石川五右卫门（？—1594），日本安土桃山时期的盗贼，因偷盗丰臣秀吉的名贵茶器被捕，受釜煎之刑而死。事迹被改编成许多文艺作品。

2　村井长庵，话本、歌舞伎中的角色。后用以代指凶恶无德的医生。

四

比如，他们认识的某个人由于犯事被送到检察院，他们就一定会这么说："那个人其实人也不坏，只是比较傻。"就这样强行把罪人当作好人。"老好人""傻瓜"等性格特征是把他当作好人最有力的证据。

他们的借口除此以外还有很多。易怒、胆小、神经质——这些特质好像都不符合他们对"坏人"下的定义。

"他看起来像个坏蛋，但是会马上生气。所以，他们说人还是不错的"，"那人很聪明，但是胆子小，不会做出什么坏事吧"，他们凭借这些简单的理由就毫不费事地将某人当作了好人。就像前面讲到的那样，他们想要把他人当作好人，是为了掩盖自己的不快，并不是同情弱者的结果。

尽管我很清楚自己是一个违背道德的家伙，不知道是幸还是不幸，由于我具备了他们眼中好人的特征，因此长时间以来免于被划归成坏人。我不是傻瓜，但是确实在某些方面易怒、胆小、神经质，是一个好人。得益于此，每当我做坏事的时候，他们就会说"你人并不坏"。最后我就以此为荣，逐渐成长起来。

大家把我当作好人，来之不易，我当然不想成为坏人。

但是，不管怎么说我都是个坏人。我老实、胆小、易怒，到底凭什么说我是一个好人呢？好人与坏人之间没有明确的差别，这在某种程度上就是真理。问题就出在程度上，我并不认为好人与坏人的区别就是世人所说的那般暧昧。有不同的观点表明，两者之间有相当明确的区别。

让我说的话，好人与坏人的区别还是要归结为有无“诚意”或“感情”。这样说的话，肯定有人反对吧。他们会说：“世间的人都有诚意。无论是什么样的坏人，诚意肯定深藏在他内心深处的某个位置。”但那就大错特错了。我想告诉你：“至少确实有一个完全没有诚意、没有感情的人。那就是我。”

“但是，你看到他人的不幸而流过泪吧。那不是你有感情、有诚意的证据吗？”

如果有人这么问，那他真是太憨厚了。泪水之类就是看了乡村戏剧“寺小屋”[1]后哭得稀里哗啦。泪水难道是“诚意”“感情”这样的证据积累而成的吗？

1　指傀儡戏净琉璃《菅原传授手习鉴》第四幕中常演的名段。

五

我最初也是对眼泪充满了信任。被父亲教训的时候、唯一的妹妹死了的时候，我记得当时我想着“啊，我做了坏事”“啊，好可怜”，一个劲地放声大哭。“既然如此哭过，现在心中涌出的感情也一定是真的。我这次一定是后悔了。真的是变成了好人。我还是有诚意的。”—— 我已经记不清这样高兴地想过多少次。可是偏巧眼泪这样的东西并不是从人类灵魂深处喷出的泉源，而是被极为浅层的心情或者情趣所支配的。毕竟，感觉极其敏锐的人面对包裹在自己周围的情绪时，会变得爱流泪。

根据我的经验，与好人相比，坏人对心情的感觉是更敏锐的，尽管这点让人不可思议。所有带有犯罪性的人，都没有自己独立的情操，完全被周围的气氛所左右。他们特别会察言观色。对方要是很悲伤，他们也会马上悲伤起来；对方要是一位清高之士，他们也会突然变得像好人一样。所以，坏人比好人爱流泪得多。

由于对气氛的感觉敏锐，他们往往比较神经质，也比较聪明。虽然他们在做坏事，但是，根据当时的气氛，他们也会痛恨坏事并进行攻击。那个时候他们的感情绝不是假的，他们心底就是那么想的。

我也和很多坏人一样，由于对象不同而心情不同。一和好人说话，就觉得自己是一个好人。由此就会赞成对方的意见，觉得和对方想法一样。最后，那个好人想说的话、在考虑的事情就自然地浮现在我的脑海里。偶尔，我会刚好说中对方的心事，获得对方的认同，于是我就得意忘形，相信自己是一个好人。因此，只要是跟我说过话的人，哪怕只有一次，大抵都会喜欢我的。

我想坏人之所以骗人，并不是由于他对欺骗有兴趣，而是期望被别人喜欢，从而顺从于此人。与其说坏人在骗人，不如说他们因为被别人喜欢而感到快乐，从而言不由衷。

“没有那样矛盾的道理。如果期望被别人喜欢，又为什么会干坏事呢？”

对于这个问题，只能这样回答：“我认为，正因为是坏人，所以才想要博得他人的喜欢。”或许这样的心情只有像我这样的坏人才能够真正理解吧。

面对善与恶的种种心情，坏人具有敏锐的感受力，但是，这种心情只是极其表面的东西，绝不会渗透到他们的灵魂深处。“我是个被人讨厌的坏人”这样的意识一直潜藏在他们灵魂深处，这和分分秒秒不停变化的心情没有关系。因此，所有的坏人都时常感到孤独，为寂寞而烦恼。他们期望被他人喜欢也就是出于这个原因。

六

但是，无论被他人如何喜欢，与他人的感情如何融洽，总之，无论两个人之间的感情发展到哪一步，超越内心的事情是做不出来的。越被他人喜欢，与他人的内心越一致，就越发感到孤独。自己与对方表面上再怎么亲密，性格的本质里还是有无法战胜的不同之处，“自己是与生俱来的违背道德的人”这样的偏执想法不断地缠扰着他们。我是一个坏人，不明白好人的心理状态。听说有人说过，好人就算再怎么孤独，也可以通过神灵和良心的力量得到慰藉。真正懂得孤独含义的人不正是坏人吗？他们孤独的背景里没有丝毫被称为神灵、良心之类的光明或者颜色，只有黑暗和暗淡。为了忘却难以忍耐的孤独，他们不断寻求与他人的交往。他们的交往，大抵也不过是以热热闹闹地说说笑、喝喝酒作为目的，看看戏剧、吃吃美食而已。

但是，人们并不能完全靠心情来和对方交往。长久的交往中，潜藏在彼此内心深处的灵魂相遇的机缘，一定会在某个时刻到来。那个时候坏人会被好人抛弃。虽然我在坏人堆里，但也是个相当聪明的人，所以我在和别人交往的时候始终谨慎小心，尽量不和对方建立那种灵魂相撞般的亲密关系。为了这一点我都不清楚自己费了多少脑子，损伤了多少神经。尽管我想保持一定的距离，尽量维持表面上的交往，但是，交往对象中就有些人一个劲地跨过距离，敞开自己的内心想要进行真心的交往。我心里一边喊“我是坏人，你这么做让我很为难”，一边无奈地露出本性。最后，在对方面前多次忘恩负义，做些严重违反道义的事情，绝交自然不用提了，最终我还主动远离了对方。特别是我又有别于其他坏人，在诸方面拥有崇拜者和监护人之类，这样的危险就更多了。那些有钱、正直、酷爱艺术的慈善家慕名前来，每每都让我感到一种不安。

每当我想到“总之也会与这个人绝交的吧”，一股郁郁不乐的寂寞和悲伤就会涌上心头。当这样的人出现的时候，我就会一个劲地做坏事，早点和对方断绝关系，或者淡淡地和对方交往并设好防线，以防被对方的诱惑所胁迫。

七

因此，我从一开始就把自己认识的人分为两类。其中一类人是很好的人，就算他们因为我做了一些忘恩负义的事而和我绝交了；另外一类人，我不会做对不起他们的事，并且会形式上很有分寸地保持与他们的交往。这样分类以后，就以这样的目的和他们交往。在实施这个计划时，我煞费苦心。最关键的是，我要努力不让前一类朋友和后一类朋友相接触。对于前者，我赤裸裸地发挥了自己违背道德的本性；对于后者，我想要始终保持艺术家的面子。

我要事先声明，我并没有故意从认识的人之中选择有钱人、容易被欺负的人，添加到前一类人中。他们被分为两类，大多是因为偶然的机会。有的时候，就算我认为好像马上要给某人添麻烦了，也会因为什么情况而平安度过。有的时候，就算我打算和某人淡淡地打交道，也会因为偶然的机会而暴露自己的坏毛病。所以，虽说我把他们分为了两类，属于前一类的人后来慢慢地加入了后一类的队伍，后一类中的某个人突然又变成了前一类中的一员。他们的命运，我完全不知道。要实施这个计划，就需要一个假设性的条件——“我认识的人对于我所做的坏事，不会报复，也不会告发。”他们察觉到我的卑劣行径时，如果连保守秘密都做不到的话，属于后一类的朋友也会因厌恶我的卑劣品性而离开我。也就是说，我驾驭朋友的策略是以这样的预想为基础的，即“我的朋友都很亲切，都是好人”。我相信自己是坏人的同时，满心认为其他人都是好人。

奇怪的是，没有人像坏人那样想相信别人的善。他们因为自己常年撒谎，所以认为其他人不会撒谎。撒谎的只有自己，其他人都是正直的人（因此他们感到孤独）。在这个层面上他们过于憨厚了。坏人屡屡欺骗别人的代价是，他们也容易被骗。坏人如果没有过于憨厚的地方，他们作恶就不可能得逞。

“那家伙过于憨厚，是个好人”——像这样的世间的常识性判断，大多探不透坏人的心理。一般人的常识是好人的常识，不是坏人的常识。

除上面谈到的两类朋友以外，还有朋友兼具这两种类型的特征。这种朋友尽管知道我是一个可憎的违背道德的人，因为我一而再、再而三地陷入麻烦之中，但是，并不放弃我，诚心诚意地想要和我交往。比如，像前面提到的村上那样的人。他们疏远我的人格，却迷恋我的天赋。

“你违背道德！不知廉耻！”他们这般小声地抱着不平，又强忍着这些紧紧跟随我。他们虽然被我的坏毛病所吓坏，但是，一旦接触到我的创作，就会发出“啊”的惊叹声，于是忘记了我的罪恶和我所做的那些失礼的事情。

八

对于这种朋友，我会一直厚脸皮的。我一个劲地做着坏事并且问自己：“我这样做，他也会和我交往吗？我这样做，他也会和我交往吗？”他们向我这样意志薄弱的人显示出宽宏大量的态度，看似十分理解，其实不然。这是彼此的不幸，也就是说，结果是让我犯的罪越来越多，当我们意识到的时候，双方都已经陷入无法抽身的境地。“又被骗了！该死！”当他们这么想的时候，我也嘀咕：“又骗了那个人！做了坏事呀。”即便这样，双方都不会轻易和对方绝交。他们认为“和那样极具天赋的艺术家，因为金钱而分开太悲凉了”。我也认为“让那些热爱我的艺术的人不得不再三不信任我，多么痛苦呀”。我和他们都是一边对我的恶习发出感叹，一边带着不愉快的沉重的感情继续和对方交往……

这次我锒铛入狱，如果要追究根本原因的话，是由于跟这种关系的朋友应该绝交而没有绝交，跟他们的交往过于深厚了。当然，我没有任何理由怨恨他们。别说怨恨了，我应该合掌感谢呢。但是，我和那位友人都强忍了很多不愉快的事。那个人要是早点果断地处置我这个超级厚脸皮的东西就好了。这样说的话，听起来好像是我在逃避自己的责任，批判本没有罪责的对方。但是，我承认自己是不完美的，只有依靠对方。

我和那个人——K 男爵成为朋友是在三四年前，我的油画首次被日本教育部美术展览会展出的那一年。正因为 K 男爵很早以前就作为贵族青年中的业余艺术爱好者，闻名于我们的伙伴之间，所以男爵买了我的油画，比其他任何人购买我的油画都要让我觉得荣幸、幸福。那个时候，我穷困潦倒，竟到了买不起水彩颜料的地步，但卖了画以后拿到的可不只是三百大洋，还因为得到了公认的美术评论家男爵的认可，从而为其他人所认可。

“以你这般的才能，就是在西方也可以活得风风光光。在日本油画还没有流行，没有办法。”男爵经常这样说，对我的贫穷状态抱以同情，而且无论如何，我娶老婆、建房子、建简陋的画室，都得益于男爵。男爵只要有机会就会在诸类美术杂志上称赞我的艺术，为我的将来祝福。

我和男爵交往之初特别注意自己的恶习。去男爵府邸拜访时，他给我看珍贵西洋名画的复制品，谈他在美术方面的意见，每每这时，我都不得不向男爵与年龄不符的广博学识和高雅人品致以最大的敬意。

九

“万一我必须和这样优秀的人绝交的话，我得多么悲伤呀。我的头脑深处，住着一个他都想不到的、可厌而丑恶的灵魂，这是多么令人遗憾的事实呀。我这一辈子至少不会让他看到我丑恶的灵魂的。无论如何，我们必须保持淡泊美丽的交往。”我出现在男爵面前的时候总会这么想，总是冒着与诱惑作战般的危险。真正纯粹的交往，即便发生在亲密的关系之间也会油然生出敬意，尽管熟悉却仍然恪守礼仪。如此真正的崇高的友谊持续了不到一年吧，两个人不久就撤下了最后的客气，赤裸裸地面对对方。我认为导致两个人的关系发展到那一步的罪责，无论如何都在双方。如果男爵比我年长十岁或者二十岁，以年长者的姿态对我施以压力，那么我与他的交往也不会变得那样不知廉耻吧。不管怎么说，男爵与我是同一年代的人，尚且年轻，而且是极力倡导人人平等主义的、非常正直的好人。他讨厌被我当作恩人，也讨厌被当作华族[1]，总是希望我能把他纳入艺术家伙伴的队伍。在我们散发出一股粗鲁的书生气质时，尚且过得去，后来不知什么时候我忘记了他男爵的身份，他也不再认真地褒扬我的艺术。这是最糟糕的事。以后的三四年间，我无数次骗他，跟他借钱，多则一百元，少则五十元——数额基本上是这么多。K 不是吝啬那些钱，而是不喜欢被我欺骗。特别是那种欺骗的方式，很空洞又很狡猾，我厚着脸皮，恬不知耻，令他很不高兴。我开始

1　日本在 1869 年至 1947 年间存在的贵族阶层。

向他借钱以后，最初的五六次他都很爽快地借了钱给我，渐渐地，事情变得麻烦起来，最终经常上演两个人都无语地盯着对方的场景。

“不管是对你还是对我，这样说话绝对不会令彼此愉快。即便是你，说这些话想必也是不高兴的吧。这一点我当然很清楚……”K 抵不住令人窒息般的沉默，往往这样开始说话，“你一定和我一样也不高兴。你知道我这个人，要是有人向我借钱，我会很难拒绝的。正因为你知道我的这个弱点，所以我比任何人都更加难以拒绝你的请求。你应该很清楚这一点。”

“被你这么一说，听起来我好像利用了你的弱点，因为我了解一点你的性情，格外觉得心情糟糕。我很了解你的性格，人家张口借钱，你是不会拒绝的。在你看来，因为你的弱点被捏住了，所以才更加难以拒绝我。于我，正是因为这一点才反而很难请求你。对你的弱点的了解现在成了我的弱点。对于我，你有很难拒绝的原因；对于你，我处于很难请求的地位。因此，无论何时只要提起金钱的事情，两个人就无法招架了。我希望你知道我是在明白这些的前提下请求你的，是万不得已。”

我还会这么辩解的。K 会显示出他老好人的一面，我会显示出自己软弱无能的一面，双方继而陷入无助状态等待救援。就这样，双方都不积极动起来的话，问题就不容易解决。两个人在此期间越来越讨厌对方。

“话越说心情越不好。总是草草收场，结果我还是给你垫钱。但是，为什么这样的事情会屡屡发生呢？这样一说好像我在怀疑你说的话，实在抱歉……”

K 奇妙地以一种正式的口吻绕着弯发问。要是平素肯定会直截了当地进行人身攻击，但是现在一旦牵扯到借钱的问题，双方就变得说话不再得体，故意地营造一种架势，这架势很不自然。

“要详细解释严重情况的话，我就非得忍受不快了；这事情么，大概你除了推测也没别的办法了。但是，总之是严重情况。就算每一次都要发生，也还是严重情况。”

我就像个撒娇的孩子，回答毫无条理。然而，并不是只有这个时候我才撒娇。自己心里确实认为这是严重情况。

“如果照你所说是严重情况，但我不知道的话，又会怎样呢？如果你误会了的话我会很为难的，我绝没有说你在撒谎。你完全相信是严重情况。但是，我认为就算感觉是严重情况，会不会意外地不是严重情况呢？你今天来我这里借钱，预想大概会成功。大概这个预想会实现吧（K常常这么说着就很乖巧地抿嘴一笑），如果你没有预想的话，恐怕不会在事态严重以前晕乎乎地将其放置到一边吧。也就是说，是不是因为你预想过事态严重以后能从我这里借钱呢？”

十一

“那我问问你，什么是严重情况，什么又不是严重情况呢？因为没有明确的区别，所以我不可能由于预想到可以从你那里借到钱，而故意制造一个严重情况。任意的两起事件一前一后存在的话，不可能把后者看成是前者的结果。”

我终于跳起来，如这般强词夺理。在强词夺理方面K和我一样，但是因为我有想要借钱这个弱点，所以容易陷于被动。这一点对K而言又是令他愉快的一件事。为什么这么说呢，在学识方面不管他是否高于我，在艺术感觉方面他比我迟钝得多，要是让我们在美术方面展开讨论的话，近来他往往要被我驳斥得哑口无言。K借着这次机会可以消除他的郁闷。K的做法很卑劣，但是，不论是我还是K，都没有时间去想这是不是卑劣，还是与以往进行美术论争时的心情一样，都不想被对方驳倒。

“这些都是你想的吧。但是，严重情况就意味着是没有其他办法的困境。因此，如果你没有预想过能从我这里借钱，而我实际上也不给你借钱的话，你最终该怎么办呢？”

“你问我该怎么办……因为我没有考虑过从你那里借不到钱的情况，所以我也根本不知道该怎么办。除了迷茫还是迷茫吧。至少在我告诉你这些话以前，我尽可能地想了办法。即便到处跑着筹款，最终也没有成功，所以到你这里来了。因此，如果被你拒绝的话，这次就没有人可以拜托了。”

我如是说，将话题从强词夺理拉到了实际问题上，但又被 K 引向了胡搅蛮缠的方向。

“如果你说的严重情况和能从我这里借到钱的预想没有任何关系，你就一定想过被我拒绝的情况吧。”

“被你这么一说，或许真是这样，正如你所知，我在金钱方面是一个漫无计划的人，不会考虑将来的事情。被拒绝以后才会直视应该怎么办这个问题。但是，即使思考了也没有什么特别的方法，所以不到那个时候，不看情况，我也不知道采取什么措施。”

“对吧。你永远都是靠那样的漫无计划主义行事。也就是说，就算情况严重，事态无法解决，到时候也自然会有办法出现，会让你平安无事地渡过难关。即便这次你说不到那个时候，不看情况就不知道采取什么措施，也不是说用尽了办法，而是说只要竭尽全力就没有不能战胜的事情。因此，对你这样漫无计划的人而言，所谓的严重情况总会烟消云散。”

十二

整体来看，K 在这种情况下强词夺理是有各种动机的。他是个老好人——对于自己感情很脆弱这一点，他知道已被我看破了，所以当我一提出借钱的请求，他无论如何也无法拒绝。但是，这只是一方面的道理。从另一方面来看，即便他会很爽快地借钱给其他人，但是于我，因为太了解他的性格了，所以反倒不能舒心地借钱给我。

借钱给我并不能让他感觉到施恩于我，他总觉得被当成了傻瓜。因此，为了不被当成傻瓜所作的努力，成了绕来绕去的强词夺理。

只是这样的话，更加果断地拒绝我就好了，可是，由于他的性格决定，最终他说不出“不借”。我很清楚最后会和我所预想的一样，必须借钱给我。夸张点说，自己的行为被他人的意志所支配——这种想法严重伤害了他的自尊心，所以他一定要以什么形式战胜我。

钱被拿走了也不能输，这才是他的本心。既然钱被拿走了，就要享受获得胜利的心情，让对方尝到失败的滋味。

我的第一目的是钱，所以应该早早地在讨论时败给他。然而，我又会陷入进退维谷的境地。尽管我是一个无颜面对他的破落户，但是，我讨厌让自己做一个不懂常理又精神不稳定的人，死乞白赖地请求别人的恩惠，承认自己“输了”，也不会去哀求“讨论方面我输了，就请一定把钱借给我吧”。

当然，反对 K 的意见的话，无论我站到什么时候都不会拿到钱，所以我尽量让步，想办法让他的道理讲得通。实际上因为他的那些道理谈的是我性格上的癖好，所以多数情况下我肯定会失去冷静，被 K 驳倒。但是，输给讨论尚好，我心里总是担心，过于明显地败给对方，对方会不会连想借给我钱的理由都失去了。即便是 K，钱被拿走了就强词夺理，逮到机会就让我承认他的意见，即“不是严重情况”，所以消灭借钱借口的胆量不是完全没有。因此，鉴于利害关系，我也不能稀里糊涂地败得太多。但也不能就此说要胜出，这会更糟糕。

即便不这样我也处于被动地位，因为这么担心，所以我的逻辑越发招架不住，从而含糊其辞。K 逐渐抓住机会进行诡辩。另外，他平时就以头脑清晰自居，又稍微有些夸耀自己的癖好，所以结局很糟糕。

十三

“……你刚才说什么是严重情况，什么又不是严重情况，是说二者没有明确的区别吧。那一定是你的说法。所谓的严重情况不是存在于显露在外的境况，而是存在于人的心情里。依据心情，无论何时都可以感觉到严重的情况。如若你没有预想过从我这里可以借到钱，那么你或许还会以以往的漫无计划主义度过，而不会认为现在的难关‘很严重’……”

“不，不是那样的。不管我有没有预想过，实际就是很严重。被你拒绝的话，我真的会走投无路。”

“你说走投无路，是什么程度的走投无路呢？我这么说是比较失礼，可你不是一整年都说过得穷困潦倒，说自己走投无路吗？”

“确实是这样，但是这次真的是没有办法了。陷于穷途末路了。”

“那如果被我拒绝的话，你是不是得收拾家当连夜逃跑呢？”

“虽然还不至于连夜逃跑，但是确实愧对各方，很丢人，脸像冒火一般。……”

连夜逃跑的方法就达成目的而言不错，但是，我有一颗奇妙的虚荣心，由于它完全本能地支配着我的大脑，导致我没有空闲顾虑利害得失，终于说了上面这番话。

“你看看！不连夜出逃，不收拾家当以渡过这次难关，这和迄今为止遇到的那些困境没有什么大的不同！那么就怪不得了，虽然也觉得丢脸吧，但为那样的事担忧，你到如今，也犯不着这般度日吧。你顺利地走过了很多坎，别人却在旁侧为你担心。对于世间的道义这样的东西，我认为你满不在乎地把它看得很简单。”

被这样一说，我不禁打了个寒战。K明显是在讽刺我丑恶的灵魂。“如果你是一个重道义的人，在从来没有把钱一次性还清过的情况下，还以什么脸面来我这里索求呢？”——K的意见意外地暗示了这样的结论。我不作声，低着头，只是一个劲地乞求怜悯。

“每次争论到这里，双方心情总是会变得不好，所以不太会深入谈下去。总之，我还是认为你是一个漫不经心的人。你对自己被这么想，应该不会有异议吧。因此，于你，说什么走投无路啦，情况严重啦，这些根本不存在。你只是以自己当时的心情感受到这些，或者感受不到。说得极端点，是因为你想要从我这里借钱所以觉得眼前的情况很严重。你自己意识不到这点，我认为肯定就是这样的。”

十四

K 的脸上，掩不住胜利的神色。他无视低头痉挛般地抖动着嘴唇的我被打败的样子，像对自己琢磨出的道理无上满足一般，给新的卷烟点上火，悠然地躺在安乐椅上。……

那个时候我心里想：“K 所说的或许是真的，我不知道。”

我至今为止相信这确实是严重的情况。但是，归结起来，我真的没有遇到严重的情况。关于金钱，无论我多么窘迫，还没有切实地感觉到丢人。我总是过于乐观——“总会有办法的”。这“总会有办法的”包含了“连世间的道义都碾碎”这样一个条件。现在，万一被 K 拒绝，我得多么着急啊，面子上多多少少都过不去。那样丢面子的事，我记得有好多次了，只要一闭眼能趟过去的话，就不会留下什么痛苦的痕迹。

“……原来，越考虑越不觉得情况严重，那些根本不算什么事。既然如此，我为什么如此大动干戈呢？为什么觉得‘走投无路、走投无路’呢？”

我回顾以往，扪心自问。这样说来，我认为的“严重”并非我实际的境遇，而是我空想的产物。我随便地将不同于现实的东西在脑海中构想出来，并为之困扰。……

下面的话有点离开正题，我要顺便在这里说一句，所有带有犯罪倾向的人大多都是空想家（在这层意思上，通常坏人里头的艺术家比好人里头的多）。他们不能正视世界，不断用空想来描绘。因此，他们看到的世界比好人看到的世界要刺激得多，更具诱惑，是一个美丽的幻影的世界。于是，在刺激和诱惑强势来袭，胁迫他们的时候，他们完全丧失了抵抗力，继而犯罪。对他们而言，空想比事实更有价值、有力量。他们被自己制造的幻影引导着作恶，而且因所做的坏事而痛苦。他们往往因为空想把未来当成了现在，又把现在当成了未来。因此，对他们而言没有清晰的时间观念。他们的脑海里只是住着“永远的罪恶”。用普通人的常识来看，会认为坏人比好人更“物质”。坏人自身大多也会那么想。但是，事实是相反的。从他们的角度来看，物质世界是空想世界的反映，后者更实在一些。不幸的是，他们的灵魂是恶魔的灵魂，只有那个灵魂的躁动是因为他们而真实存在的。

十五

于是，我被 K 说服了，我领悟到迄今为止威胁我的东西只不过是幻影，事到如今已经没有借钱的必要了。我应该亲自撤回借钱的恳求。奇怪的是我仍然不能放弃。

“实在是走投无路，没有办法，不管怎么说我都想要钱，总之把钱借给我！”

如果要我把真心话率直地表达出来的话，就是这一句。没有任何理由，就是想要钱。所谓“严重的情况”，就算是幻影，幻影就是作为幻影，已经足够刺激我的欲望。

“或许确如你所说。我事实上不用那么担心也没关系。但是，我心情总是不好，总是担心，因为那份心情我依然烦恼。照此看来，我注定要担心。无论怎样，我担心，这一点千真万确。”

被我这么一说，K 没有一点驳斥的余地。我上面的说辞尽管是歪理邪说，但是，姑且看起来有道理，没有空子可以钻。K 一旦驳倒我，让我沉默，就心情畅快了。

“关于钱的事情，一和你开始讨论就永远会像这样不了了之。我听来听去，都没有发现我有什么理由要借钱给你。你永远都会把借钱这件事搞得令我不得不借，所以，我还是借吧。但是，这次你一定要还给我。你每每来借钱，我并不想说那一个个冗长的道理，可是，你总是轻松地来借钱，说‘我还，我还’，但是一次也没有还过，因此，我就舍不得拿出来。我借给你的东西，也不想要回来，但是，像你这样好像很无所谓一样说着‘我还，我还’，又不还，这令我心情很不好。这也不是一次两次了啊。”

“啊，我知道了，确实是我的错。我一开始并不打算欺骗你，但是，终究变成了那样。这一点你也是知道的吧，无论如何，是我不对。……”

“善恶我不想说。只要你还给我，我的心结就了了。”

“啊，没问题的。这一次我一定会还的。”

“就算你说没问题，照例说一开始并不打算骗人，但是根本不能令人相信，早点给我还钱，才能真的让人信任你。那么，期限就定为这一个月吧。”

“可以。这一个月的话正合适。到了二十号左右，正好有两百元入账。”

一能借到钱，我立马就吹起牛来。虽然我如此嚣张地夸下海口，但是终究没给他还钱。

十六

就这样，我迄此多次欺负 K 之后，又再恬不知耻地去借钱，像以往一样和他争论，像以往一样反复食言。老好人 K 是我的朋友，这是让软弱无能的我无止境地背信弃义的原因。一有个风吹草动，我甚至会想：“就这样不给他还钱了，他要是跟我绝交了的话，我会变得多么轻松自在呀。”

想是想了，然而两个人决不会绝交的吧。没有料到，这次居然实现了。K 多么宽宏大量，大家都称赞他是老好人，然而我对他实施了法律上的欺诈，还把这起事件搬到了法庭上，不论他乐不乐意，在大家面前，也不可能不和我断绝关系。

我不会忘记，那正巧是去年秋天十月末的事情。我和以往一样，厚颜无耻地去 K 那里要钱，却不曾料到这次出了大事。那一天我或许比以往脸皮更厚。为什么这么说呢，正好在那天之前的十天左右，我以“就两三天”为条件刚刚借了钱。那笔钱还没有还，这次我又希望他能借给我比上回多近一倍的钱，因此一下子我也张不开口。我先用认真的语气，告诉 K 我关于彼特·艾克斯爱丽丝的告白。

那个时期，我从半年前开始沉迷于一个女模特，为了她浪费了很多时间和钱。我在性方面是天生的受虐狂，她是令我十分满足的第一位异性。在那之前，各种各样的空想稍稍填补了我奇怪的性欲要求。所有可恶的、残忍的、沾满血渍的幻影，披着活人的肉体，在我和她的关系中实现了。但令人不可思议的是，我头脑中的幻影被实现的同时，空想所特有的美丽忽然消失，只有现实中的丑恶暴露无遗。

“我脑海中描绘的景致如此肤浅、如此简单、如此肮脏吗？”

我陶醉于欢乐，却时不时会这样想。我的欢乐被空想填满的时候，无论再过多久也不会失去新鲜感[1]，但是那一旦移入现实世界，厌倦、疲劳、羞耻等感受就会挤进来，令泼辣的快感变得浑浊。她那美丽的肉体，和那肉体下被施虐的我的肉体，与我空想中永远美丽发光的肉体有所不同，有生气的光逐渐变钝，最终带着像铅一样阴郁的沉闷的云朵。那对我而言是一场意外悲凉的发现。

十七

“你读过戈蒂耶写的波德莱尔评传吗？”K听完我的告白以后说道，“戈蒂耶是这么说的：波德莱尔诗中的女性不是一个个现实中的女性，她们是典型的‘永远的女性’。

---

1 “新鲜感”，原文为英文。

他不唱‘一个女人’[1]，唱‘女人’[2]。——像你这样的受虐狂[3]脑海中的女性幻影，当然不是一般女性，应该是一位拥有绝对美貌的、永恒的女性吧。因而，一走入现实世界，马上就会失望吧。”

K 的观察确实是准确的。我一直都是一个极端的女性崇拜者，我崇拜的对象只不过是我“丑恶的灵魂”所空想的女性的幻影。我偶尔恋上一个女人，是因为在那个女人那里看到了我天马行空的幻影。因此，无论幻影和实际人物之间的不同之处是否明显，我都想在那个女人那里寻求幻影。就这样，我不断地换女人，常常失望并反复感受到幻灭的悲哀。我不懂世间一般男子所经历的恋爱。非要说我谈过恋爱的话，那么对方就是住在我脑海中的幻影女人（我有妻子，但是她和我的恋爱没有什么关系，这也不用说明了）。

这么一想，我痛感自己是个非物质的人。我完全活在空想的世界里。

从完全美好的世界里回过头来，眺望充满丑恶的现实

---

1 原文为法文。

2 原文为法文。

3 原文为英文。

世界，我随时都感觉到一种我对它的诅咒和蔑视。这样一来，把我抱有的空想，想办法在现实世界里表现出来的要求产生了。这个要求一旦转化成性冲动躁动起来，我肯定失败，转化成艺术性的冲动而涌动以后，我的空想才被精彩地表现出来。有人一定认为，像我这样的罪人，脑子里一定像塞满蛆虫一样聚集了各种肮脏的思想，那就请看看我迄今为止所创作的作品。那些绘画全部满溢着丰润的色彩、幽邃的光泽、庄重的线条，仿佛镶嵌着宝石一样塞满了我的大脑。丑恶的灵魂所编织出的幻影世界，完全像寺庙里的壁画一般庄严。

我把上面所说的大体意思细细地讲给了 K。

“这一次，就这一次，我真的已经被女人惩戒了。我深深地后悔，半年之间，为了她抛弃了艺术。我应该走的路是艺术之路，再没有其他的了。我要想办法和她早点分手。”这样说完，我急转直下，终于吐露出心声，“我想给她一百元的分手费……”

十八

“你绕了很远的弯子啊。我想大抵到了最后就是这样的话。”K 那极具老好人特色的平和的眼球痛苦地泛着光。

他竟然没有惊讶，就这样回复着，简单地搪塞过去。我先前那样认真严肃地告白，K 从一开始就抱着一种疑惑来听，他对我如此持有偏见，这样的事实至少让我感到不高兴。“今天很难。结果就算是他借钱给我，大概争论也会很费神吧。”直觉这么告诉我。

“……你的告白或许是真的吧。但是，即便是真的，一旦和金钱的问题挂上钩，我就不可能虚心坦怀地听你讲。你如果真的有诚意，想让我相信你告白的话都是真的，在今天这种谈钱的时候，就更应该避而不谈那些话。这只能被大家认为你是为了向我借钱而利用那段告白。……”

如此，一场争论不可避免地拉开了帷幕。两个人的谈话接下来将持续好几个小时吧。从早上开始持续到华灯初上，这是惯例，因而大概今天不到晚上也不会有结论。从现在开始的六七个小时之间，双方的台阶不断抬升，话语堆成了山，完全看不到何时结束，只能拖着。——想到这里，两个人从争论的一开始，就感到一种疲惫和压力。我们没能像参加运动会的比赛项目那样竞技心十足、威风凛凛。

“但是，对我来说，前段时间我刚刚向你借了钱，又来借钱，就必须详细地解释理由，解释的时候不管我是否愿意都必须向你坦白。坦白就算是真的，也会因为与金钱的纠缠而一下子失去真实性。”

“应该是那样吧。但是，令我感到滑稽的是，你为了借钱而坦白，却忘了根本的动机，恰如你为了坦白而变得认真起来，这就是你的态度。你需要借钱，又强调坦白的真实性，太奇怪了。看起来，你想借坦白来表现热情和诚意，让我深切感动，利用那份感动从我这里借钱。——实际上不是这样吧，但是看起来总觉得是这样。这让我有种奇怪的心情。你好像要从坦白的真实性中，得出‘借朋友的钱就可以’这样的正当理由。”

“这是你的胡猜乱想。我根本的动机是钱，但在说话的过程中忘了那个动机，坦白本身的兴奋驱使我越挖越深，这放在谁身上都是一样的。”

十九

“因此，我提醒过你一次。听了你的坦白，我不得不深深地同情你。将来你和那个女人分了手，永远投身于艺术，这是非常好的，但是，我想让你知道，那和我借不借钱完全是两件事情。——无论你的告白有多么精彩，这也不是你能比以往更为堂堂正正地从我这里借到钱的理由。我想让你知道，这与‘因为情况严重，所以请借钱给我’这一说法没有任何出入。”

“不，我认为不是这样的。迄今为止我只是因为生活所迫而需要钱，而这次不是因为我的生活，而是为了艺术，为了挽救我的艺术。你如果热爱我的艺术，期待它发展得更完美，那么这次借的钱就应该不会没有意义。”

“但是，你现在即便用从我这里借来的钱和那个女人分手，将来就一定不会发生第二、第三个女人冒出来，你再次沉迷肉欲生活的事情吗？对于那种情况你一定不能保证。你总是后悔，像今天一样。而且，那种后悔完全不起作用，同样的错误频频重复，所以，将来只要你不重新投胎的话，那种错误始终会发生的，这种看法肯定没错。果真那样的话，最终还得我去给你善后！为了期待你的艺术发展走向更完美的阶段，我就必须永远地支付你和女人的分手费！”

“你这么想，说明你还是不相信我真实的告白。我刚才已经说过了，这次是真的后悔了。我决定想尽办法，再也不犯错误了。你很了解我，我是一个意志薄弱的人，不可能说‘绝对’，但是，即便是同样的后悔，这一次和以往的心境是不一样的……”

“你看看。最终还不是成了‘心境’。即便不是严重的情况，也和觉得严重的心情一样，即便不是真的后悔，也是真实的心情。因此，我也不认为这次我借给你钱就有意义。纵然有告白这一点，我不高兴的程度和以往还是一样的。”

K不高兴这一点其实要比平素严重得多。除此之外，我更是不痛快。我为什么要被K如此胡乱猜忌？为了借一点点钱，有必要如此暴露自己的弱点吗？K有什么权利和根据执拗地审问、打探、追究我告白中的一个个词语呢？—— 一想到这里，我就觉得相当愤恨。

二十

“原来，我的后悔或许只不过是心情，总之，我是切身体会到了，并认真地进行告白，你没必要从旁推翻吧。即便它是心情，你也没有任何理由批判攻击。既然告白的人都说了是真的，你也应该坦诚地听取并相信它是真的。”

“我根本不想攻击或者批判你，那个告白不只是告白，一旦和钱的问题扯上关系，我势必会怀疑你的本意。你事先说自己意志薄弱，找好了退路，你根本没有必要特意在想借钱的时候，说这种不是很干脆的后悔的话。我认为，由于你告白的态度不纯粹，所以告白本身也失去了权威。”

我当然不觉得自己的后悔不干脆，但是令人感到不可思议的是，听着K的意见，我渐渐失去自信，认为“真的是不干脆”。好不容易确信了的后悔，一开始摇摆，剩下的就只有“我想要钱”这一个念头。只有这一点是确凿的。我毕竟心存预想，想从 K 那里借到钱，为了实现这份预想，我后来又追加了告白，而且，将其误认为深切后悔的结果。

“如果是那样的话，从一开始就该更果断些，像以往一样，没钱的时候就简单地说‘我没钱了，请借钱给我’，‘因为情况严重，所以请借钱给我’，这种说法于我在情绪上还算说得过去。你那样热情地坦白，令我不得不怀疑，二人之间的友谊最终能不能成立，这毕竟都是你的责任。你一个人的话还好，为了你连我都变得油滑起来，这令我感到愤恨。——我真的丝毫不吝惜一二百块钱。如果你真的碰到了困难的事，我很高兴把钱借给你。但是，由于借钱反倒招致损害双方人格的结果，这样的钱我是不想借的。你也不是一两天的朋友了，我们交往了很多年，你了解我的性情。”

K 像在倾诉，像哭了一样，眸子里湿润了。感觉他甚至在思索，如果可以就想把百元钞票扔到我的面前，尽快结束这极其不愉快的争论。

听了 K 的真心话，我也不由得眼泪汪汪。“哎，我是多么可憎的一个大混蛋呢！把一个正直、亲切、特别善良的朋友逼得这么痛苦，无耻透顶了！”我不禁想要跪倒在

K 的脚边，合掌说：“我坏透了。请一定原谅我！”

二十一

但是，即便我那样感动，也无论如何不想收回借钱的请求。我心中萌发的“我想要钱”这个念头，于我是无法消除的。

两个人从下午两点到晚上八点左右也没吃饭，杂七杂八地一直聊。我已经没有其他要说的事了，反复地发着牢骚，不讲道理：“这次一定还你，请你借给我。就一周，一周过后我就有一百五六十元进账。”

“一周以后钱入账的话，你可以等到那时候。和女人分手也没必要争那么一两天。”

话虽如此，K 也知道，想用道理说服我是不可能的。另外，当他看到我满含泪花的脸，多少会感到可怜吧。

“要是这样的话，我们这么干吧。因为你也承认自己是个意志薄弱的人，那这一次就立个字据吧。不过那也只是一份普通的字据，没有改变你意志的效力，所以请你抵押些东西。”

这次一定要把借出去的东西收回来。不收回来不行。——这样的决意明显地浮现在 K 的嘴边。

"对了，我有个好办法。仲街大雅堂的七人展览，你确实有一幅静物展出。你写个字据，证明把那幅画以一百元卖给了我。那个展览会的展期确实是到下个月的十号吧。到时候你只要把钱还给我，我随时可以还你字据。倘若你还不了钱，那幅画也不算糟糕，我可以买下来。"

"那幅画画得不是那么理想，挂在你的书房会令我难为情的。"

我看到 K 好不容易下定决心，不由得悄悄地愕然。于是我明显地感到被他侮辱。但是，即便如此，我也没想改变卑鄙的初衷。

"因此，我不买那幅画也可以。我让你立字据并不是要拿给大家看，也不是出于其他打算，只是如果有人买，就可以卖给他，把钱还给我。当然，如果一周以内你的钱到账的话，就没有什么可担心的了。于我而言，收下那幅画，可以把它当作抵押品，一周以内你要是还了钱的话，我得多高兴啊。为此，我让你立字据，这次真的请你一定遵守约定。"

立下字据，万一不能还钱的话……特别是那幅油画将长期挂在书房的墙壁上——每当看到那幅油画的时候，两个人将会多么不高兴呀。那样的担心与不安既浮现在 K 的脑海里，也浮现在我的脑海里。立字据的一方和让立字据的一方，都是同样地背水一战。

“希望我的意志足够坚定。既然已经到了这么危险的境地，就以此为契机，至少成为 K 可以信赖的朋友。这样做可以令 K 高兴。”

我心里一边如此祈祷，一边在字据上盖上我的章子。

之后的事情，大家都知道了，没必要在这里写了。也不是没有希望，可是过了一周我也没有一百五六十元进账。仅仅是这样的话还好，可我把那幅画卖了两次，钱也花了。我很有把握 K 不会把那份字据拿给大家看。

后来一打听，七人展览会展期结束的时候，K 去了箱根的别墅。K 男爵家的管家平素就讨厌我，偏巧那时故意很长眼色地跑去会场取画。控告我的大抵就是那个管家。即便那样我也不是坏人吧。我仍然是个“人品好、憨厚”的人吧。现在我已经没有后悔的勇气了。不只是对 K，我向世间的普通人进行一次真情告白吧：“我确实是个坏人。是一个没有一点诚意的人。因此，请就此蔑视我、疏远我、远离我！切勿靠近我，切勿尊重我！只是，请你相信我的艺术是货真价实的！像我这样不知廉耻的家伙心里也有了不起的美丽的创造力，请你承认！艺术的生命如若是永恒的，就请你相信缔造出那份艺术的我的灵魂才是真实的我！因为我只是在我的肉体活在这个世上的短暂时间内做坏人。”

柳澡堂事件

那个青年在上野的山下拜访律师S博士的事务所，是在某年夏夜的九点半左右。

那时我正好在楼上老博士的房间里，朝着一张很大的办公桌，准备向博士打听最近的犯罪事件，看看有没有能成为小说素材的。这么一写，大概读者们就会猜到，博士从很早以前就喜欢读我的小说，我一造访，他就高兴地向我提供令人耳目一新的素材。比起阅读那些马马虎虎的侦探小说，老博士长年处理的各种冗杂的犯人的秘密，自然让我更感兴趣、更愿意倾听。老博士是刑事方面的律师，久负盛名，法律方面当然不用提了，文学、心理、精神病学方面的造诣也很高。

那么，那个青年敲响房间门的时候，就是前面提到的某个夏日晚上九点以后。房间里只有博士和我两个人。博士长着一张慈祥的面孔，上面有些白色的连鬓胡子，他亲切地微笑着，让风扇吹着他的背，穿着一件宽松肥大的亚麻布的衣服。我把胳膊肘支在窗户边上，通过这窗户可以远眺上野山的常绿花圃，然后一边吮吸被款待的冰激凌，一边就占了报纸三个版面的龙泉寺町杀人事件，和博士聊着其中各种不为世人所知的细枝末节。事情就发生在这个时候。两个人最初可能都沉浸在谈话中，居然没有听到本应该听到的、那位青年上楼时的脚步声。门板冷不防被咚咚地敲响时，我稍微有些意外。博士轻轻地朝门的方向看去，简单地说了句：“请进！”并没有再说其他。或许博士以为是保姆有什么事情上楼来了呢。如果是我也会这么想的。来这个事务所上班的人到了傍晚大概就回家了，除住在楼下房间里的保姆以外，不会有人在这个时间、在没人带着的情况下上二楼来。然而，门把手重重地转了一下，咚！鞋子发出好像与重物摩擦一般的响声，一位不认识的青年蹒跚着走进室内。

“啊！这是什么人？一定犯了大罪！”

瞬间连我都感觉到了，博士当然比我更早注意到这一点。实际上，那个时候青年的表情比戏剧、电影中看到的还要凄惨得多。那睁得大大的、像要飞出来一样的眼睛乌黑乌黑，再外行的人也会点头承认他是一个异常的犯罪者。博士和我的脸色一下子变了。但在这种情形下，老练的博士轻轻地用手拍了拍从椅子上慌慌张张跳起来的我，以沉着的、同时毫不马虎的态度，警戒般地凝视着那个青年。

青年来到我们对面的桌子边，离桌子还有两三步时突然停下来，一时间默然地盯着我们。

“你是谁？到这里来干什么？”

博士用柔和的语气问他。但是，青年依然鼓着眼球，并没有打算马上回答什么。不对，他看起来是要马上回答什么的，但是，由于呼吸过于急促，以致无法开口。从他急速的喘气方式、发紫的唇色、散乱的头发可以判断，或许他是飞快地跑，好容易才逃到这里来的。他终于闭上眼睛，一手放在起伏的心脏上，调整急促的呼吸，努力在两三分钟内让兴奋的神经镇静下来。

青年有二十七八岁——由于外表脏兮兮的，看起来显老，但再怎么样也不会超过三十吧。瘦高个儿，穿着一件混纺布做的旧西服，没戴帽子，像麦秆一样散乱的头发盖在苍白色的额头上，脏兮兮的领子上系着一条波西米亚领带。开始的时候，我从附着在青年上衣肩膀处的点点颜料推测他是个油漆店的工人，但是很快就发现，他的脸上有工人所没有的一种高雅的气质。另外，不管是留得很长的头发的样子，还是波西米亚风的领带的感觉，都让我们无法忽略他的风采。比起工人来说，他更接近于美术家。青年心跳逐渐平稳下来，在我们感到他那紫色的嘴唇慢慢泛上了活着的血色时，他再一次慢慢地睁开眼睛，瞳孔的表情好像是做梦一般。他不看博士的脸，稍微垂着头，默默地、稍长时间地看着桌子上面。桌子上面只搁着我刚刚拿在手里、正吃着的冰激凌杯，以及电话座机。他一直盯着那个冰激凌杯，好像那很罕见一般。他一定是因为调整呼吸而口渴了吧，想吃这个冰激凌吧。——我思考这些都是瞬间的事情。接下来的瞬间发生的事情，明确证明我的推断是极其错误的。为什么这么说呢？青年盯着冰激凌的眼神与其说是感到“罕见”，不如说是带着“深深的疑惑”，他盯着冰激凌时，脸上弥漫着一种难以名状的、恐怖的情绪。如果要打个比方的话，他那怯懦的眼神好像看到了怪物的原形，仿佛感到非常可疑那样盯着黏糊糊的冰激凌。接下来他向前走了一步，更加小心地看了看冰激凌杯的里面，然后才好像放心了一般，微微地叹了口气。博士从刚才开始，静静地观察青年那至少不能令我看懂的、不可思议的举止，好像在等待这个时刻的到来一样，用温柔的语气再次发问。

“你是谁呀？因为什么事来这里的呢？”

博士刚才用了“御前”这个词表达“你”，这一次改用“君”

来表达“你”。[1]和我一样，博士在后来注意到这个青年不是一个卑微的工人。

于是，青年一下子屏住了呼吸，眨了两三次大眼睛。接下来，好像突然感觉到有危险在迫近自己一般，他小心翼翼地看了看刚才进门的方向，好像背后有可怕的家伙追来一般。

“呀！我也没让谁带我就突然跑到这里来，非常抱歉。……”

青年这样说完，终于慌慌张张低下头，草草地行礼。

“你……抱歉，请问你是S博士吗？我是住在车坂町的画家，名叫K。刚才去了前面的澡堂，回去的路上过来拜访。……”

原来如此。青年右手里拿着毛巾和香皂盒。从他穿着去澡堂的服装来看，他除了这身行头，居然连换洗的浴衣都没有带。即便如此，只有那长长的头发稍含着濡湿的热气，手上、脸上并没有浮现出浴后明朗的光泽。

“……我现在无论如何想见到律师您，所以从那个澡堂拼命跑了过来。其实我是想找一个委托人，但不巧的是

1 日本明治以还，“御前”由最初的尊称降为对同辈以下者的称呼，较“君”粗鲁。

谁都没有看到……另外非常慌张，最终擅自闯入这里。失礼了，抱歉。”

青年说话的语气一点点镇静下来，但是眼中飘着的不安神情绝没有消失。明显地可以看出他想冷静下来，但是越着急精神反而越兴奋。他把右手拿着的香皂盒放进口袋，一边用双手把濡湿的毛巾拧干，一边用极其快的语速、好像再受点干扰就听不见一样的声音打招呼。

“那，你找我有什么急事呢？——哎，请在那边坐下来慢慢聊吧。”

博士这样说，请他去坐，然后回头向我这边看了一下。

“这个人是我极其信任的人，完全不用担心。如果你要说什么的话，但说无妨。”

“好的，谢谢。其实我有件事情一定要请您听一听。在告诉您之前，我有事情要拜托您。我今晚或许犯了杀人大罪。用‘或许’这个词，是因为连我自己都不能清晰地判断是不是杀了人。我刚才听到很多人指着我大呼‘杀人啦’。我把那些声音抛在脑后，赶快逃到这里来，兴许在咱们聊的过程中，后面追的人正在赶来。但是，重新考虑考虑，又感觉那些都是毫无踪影的梦，只不过是我的幻觉。今晚的杀人事件如果是真的话，就有太多前后逻辑不符的地方。另外，我从前就有经常产生幻觉的毛病，因此今晚的事情何处是真，连我自己也全然不知。有人杀人是千真万确的，下手人或许不是我。又或许从一开始就根本没有杀人这件事。即使我听到‘杀人啦’的呼声，后面追来的人正在追过来，兴许这些都只不过是我的错觉。我绝不是为了逃避自己的罪责才这样说。我想在您面前坦白关于今晚事件的一切，请您判断我是不是一个可憎的犯人。如果今晚的杀人事件是真的，那下手人又是我的话，我想请您证明我并不是真的想犯罪，我犯罪是我的幻觉在作祟。因此，万一追我的人追到这里的二楼来，在我的话结束前，请您一定不要把我交给警察。我想事前拜托您这件事。——我认为像我这种病态的人，在受到不可抗力的威胁而犯罪时，能够理解我的心理而为我辩护的，除了您再没有其他人了。即便没有今晚的事情，我也曾想拜访您一次。您能答应刚才我拜托您的事情吗？事情说起来相当长，在结束以前您能把我藏在这个房间吗？当然在我讲完以后，自己的罪责又很明确的情况下，我发誓会马上自首。……”

青年不敢大声呼吸，说完这些，紧张地仰视着目光温和而锐利的老博士的脸庞。瞬间博士脸上好像充满了前所未有的严峻、庄严，以及一位头脑清晰的学者所特有的品格和权威。博士就这样默默地认真望着对方，似乎不论那青年是不是一个罪大恶极的罪犯，他都坚信青年是一个正直的人。博士马上显示出宽大的态度，这样说道：

“我答应你。在你说完以前，我保证你的人身安全。你现在头脑不是很清楚，请镇静下来，把事情讲清楚。”

“好的，谢谢。”

青年用感伤的口吻说。然后他终于坐到了博士请他坐的椅子上，连同我共三个人围在桌子周围。他静静地讲了下面这个故事。

“在讲今晚的事情以前，我从哪里开始讲好呢？这个故事怎么开始的呢？是什么时候呢？越想越复杂，我觉得所有的事情都必须追溯到过去。为了详细说明今晚事件的性质，或许得把我至今的人生阅历毫无保留地介绍给您。可以说我必须详细地介绍自己的成长过程，甚至父母亲的特征。但是，没有时间陈述那些啰里啰唆的事情，所以我简单地讲一下几个方面：我有着疯癫的血统，十七八岁的时候罹患了严重的神经衰弱，现在以画油画为职业，由于技术拙劣，所以称其为职业很不好意思，也过着极其贫穷的生活。希望您在了解这些以后好好听我接下来的话。我认为，至少您能理解我目击的不可思议的世界和经历的苦闷。

“刚才我已经介绍过我住的地方了，就是在车坂町，电车街后面净土宗正念寺的院子里。我租了一间简陋的房子，去年年末开始和一个女子同居。一个女子——是的，从亲密程度来说称其为妻子也可以，但是，她与我的关系和普通夫妇的关系大为不同，所以权且称其为一个女子吧。不，还是叫她的名字琉璃子吧，因为您会在这番话中听到我屡屡提及她的名字。

“说真的，我因为琉璃子，琉璃子也因为我，才落到了今天这步贫穷的田地。我并没有后悔，但是琉璃子好像有很多怨言。她整年都在恼火，说要不是在日本桥做艺妓时与我这样的混混私奔的话，现在肯定会被一位有钱人领走，过着富裕的生活。我现在依然像个疯子一般疼爱着她，她是个淫荡多情的女人，对我似是又爱又恨。她时常会故意找茬跟我吵架，突然跑出家门去造访朋友，直到深夜还不回来，尽管没有任何事情需要朋友解决。就算不去找朋友，她也会一个劲地做这做那，刺激嫉妒心很强的我。那个时候我几乎就是一个真正的疯子。就连自己恐怕也非常清楚自己发起疯来的情况。我会忽然狂乱起来，揪住她后脖颈的头发，把她的身体当作陀螺，拖着她团团转，打她、砸她，最后不知多少次，着了迷一般想要杀了她。但是，琉璃子并不是一个会因此而胆怯的弱女子。我也曾反常地跪在她面前，合掌磕头，请求和解。但是，我的这种态度只能招致她的傲慢和任性。当然让她变成这样，不能说我没有罪。

我去年在神经衰弱的基础上又得了糖尿病。因此，尽管我有爱抚她肉体的心思，也无法充分地满足她生理上的欲望，我认为这也一定是加大两人不和的有力原因。实际上，或许这对她这样健康又如此多情的女人而言，是无法忍受的苦恼。不知什么时候，总是自豪于健康的她，渐渐地变得严重歇斯底里，任意地发火，苛求于人。看到琉璃子曾经淡粉色、散发着活力的脸逐渐苍白消瘦、衰弱下去的样子，我伤感的同时又感到高兴。我变得很颓废，呈现出一种病态。琉璃子的歇斯底里以三倍的势头给我的神经衰弱火上浇油。您或许明白糖尿病和神经衰弱的密切关系。另外，您也知道，胖人的糖尿病没有那么可怕，像我这种瘦人得糖尿病反而极其危险。从我的情况来看，是糖尿病加重了神经衰弱，还是相反，我不知道哪个在先哪个在后，总之这两种病互相牵扯，一起损害我的身心。我不停地想着琉璃子的事，进行各种妄想，被幻觉侵袭。睡也罢，醒也罢，总会做一些奇怪的梦。其中最痛苦的是担心琉璃子会杀了我。即便如此，我对艺术并没有完全绝望。现在虽然完全沉浸在对琉璃子的爱之中，但为了证明自己曾在这世间走过一遭，多少想留下一幅精彩的艺术作品，之后即便我离去了，我也坚信艺术生命是不朽的。如果很不幸，现在就被那个女子杀死的话，我在这个世间留下的足迹会被永远地埋葬。

于我那是最可怕的事情。‘今天被杀？明天被杀？’由于老是这么想，我始终被可怕的幻想所威胁。半夜一睁开眼睛，屡屡发现琉璃子轻轻地骑在我的身上，把冷冷的剃刀搁在我的喉咙处，我眉宇间滴答滴答地往外流血，被子上沿沾着不可思议的麻醉药，真真切切地看到并感受到这些，几次差点晕厥。由于这个毛病，琉璃子对我从不会用腕力抵抗。她虽是个性格乖张、残酷的女子，但是在被我打骂的时候简直像个死人一样疲惫不堪，唇边浮动着讽刺般的微笑，被随便踢、被随便打的时候总闹着自杀。但是，就是她这样的态度让我的心更加残暴，让我更加残忍。她默默地忍着，越看她那毫不在乎的表情，我越感到恐怖。偶尔她表现出平时所没有的态度时，我却反而警戒。连她送上的一杯酒、一碗汤水，我都不会随便地喝入嘴里。因此，我想最终若要被她杀掉，还不如将计就计杀了她倒安全些。无论我被杀还是她被杀，总之二人之间有一场血腥的犯罪正在酝酿，让人感到这像一个明确的事实。

“我原本打算在金秋的展览会上展出一幅以她为模特的裸体画，由于这样的情况，工作当然一直没有进展。正是从上月末开始，两个人每天总是吵架，我完全没有执笔的工夫。我那病态的脑子，再加上由于工作得不到满足带来的自暴自弃，逐渐把我的生活推向绝望。于是这半个月，我每日的功课可以说就是反复打骂她、爱抚她、崇拜她、哀求她。一日以内我对她的感情就像猫的眼睛一样变化无常。刚一用力打她，接下来的瞬间又突然像整装待发的战士一般潸然泪下。即便如此，一旦她不听我的，我会再打她、踢她。这样闹过以后，她一定会突然藏起来，半天、一天，甚至到第二天清晨都不在家，这已是家常便饭。我一个人被孤零零地留在家里，连大哭或者发火的精神都没有，我脑子发木，像昏过去一样躺在那里，只能迷迷糊糊地守着时间流过。

“正巧四五天前，两个人就这样吵了一架。那天吵得比平常还要凶，我就像疯了一样用破罐子破摔的态度乱闹。吵架好像是傍晚开始的，一直持续到晚上九点左右，我整得她半死不活。我看见她披头散发，突然倒在走廊的木地板上，于是跑到大街上，在附近来回晃荡。为什么要跑出家门呢？我想琉璃子不久一定会跑出去的，我讨厌看到那个场景，于是打算先发制人。我现在也不记得去了哪里、怎么走的，大概是穿过上野黑暗的森林、从动物园后面下到池子边的时候，我才渐渐恢复了自我，喘了口气。大概我热乎乎的脑袋遇到了冷冷的空气很舒服，所以在不知不觉中朝着人少又孤独的方向走去。从那里穿过纳凉博览会的前面，过观月桥朝上野方向走去时，我的精神也稍微恢复了正常，也模糊地知道了自己现在处于什么场合。同时，由于我大闹的原因，身体好像从高处坠落下来一般，不时地感到疼痛。我的意识一半像是做梦一样，尚处于朦胧状态，头脑里的一切都似被暴风雨吹走了一般，没有留下一点人的感情。刚刚吵架虐待了的女子的样子，像远方的声音一般时隐时现，但是仔细看那幻影，我既不想念、也不悲伤。这期间，我去了一个行人络绎不绝的、热闹的、灯火通明的街道。哎呀，我到哪里来了呢？想了一想，发现那里是广小路的电车大街，挤满了夜里摆摊的店铺。纳凉客熙熙攘攘的，我挤在人群中，一会儿向左，一会儿向右，漫无目的地走着。——那晚大概是摩利支天[1]的庙会，如果不是的话就是周六晚上之类，去参观博览会的人非常多。那里一直是个热闹的地方，但是，那晚人山人海的情况比较特别。——不管怎样，那个时候映照在我眼里的那条街的光景是非常热闹的。那热闹的程度多少有些令人眼花缭乱，但绝不会扰乱自己的脑髓，像听着某种交响乐，带来辉煌、愉快而美丽的快感。我的性格是不喜欢人山人海的街道的，只有那晚是神经变得糊涂而产生了那样的感觉吧。我左右

1　佛教菩萨，意译阳焰天，念其号能脱离灾厄，传入日本，广为武家信仰，奉为护身蓄财之神。

两边的各色行人吵吵闹闹、摇摇晃晃，他们和色彩、声响、光线等都没有在我的脑子里留下一个明朗的印象，只是像幻灯一般模糊朦胧地穿过，给我带来了一份舒畅的心情。比如，会变成我一个人害怕地站在高处，俯瞰下方形形色色的东西的心情。孩提时代被母亲苛责后，一边哭一边跑过大街，由于泪花，大街变得模糊，好像街景特别远。那天晚上我正好又看到了这样的情景。

“之后——是的，过了仅仅三十分钟之后吧，我从广小路大街慢慢地朝车坂的家走回去，当然我并没有要回家的清晰想法，根据路上的情况和心情，或许又想去浅草公园。从车坂那个汽车站向右转进入电车大街，走过五六间屋子，左侧是叫作“柳”的澡堂，您也知道吧。我来到澡堂前的时候有些想进去。先声明一点，过去我脑子糊涂的时候就有进澡堂的习惯。对我而言，精神的忧郁和肉体的不洁完全是同一种感觉。心情低沉的时候，体内好像就会堆积污垢，释放恶臭。而且，在心情极为不好的时候，不管在澡堂里再怎么洗，总感觉那些污垢和恶臭都不会轻易被清除掉。这样一说，听起来我好像是个整年都在泡澡的、有洁癖的人，但是事实上，大概没力气去澡堂泡澡的郁闷不振的日子更多。长久以来，我习惯了精神上的忧郁，这导致我甚至喜欢肉体上的不洁——这是一种无法描述的懒散的心情，像沟底淤泥般浑浊。对那种心情，我甚至感觉到一种怀念。但是，那晚正巧来到柳澡堂前，我突然想，泡个澡的话，半个月以来的暗淡情绪就会多少变得明朗吧。

“澡堂也好，理发店也好，我去的地方不能说尽。我一直在街上走，心情好的时候就会跑进当时发现的店铺，这是我的癖好。因此，请您就当我那晚突然进了柳澡堂。当时很幸运，正好口袋里有十钱银币。对了，到澡堂里边一看，我发现这是一家我从未来过的澡堂。老实说，在那晚经过那里之前，我根本没有留意到那种地方有一家澡堂。或者注意到了，但是那晚之前我都忘记了。在这里我还有一点要提前说明，我刚才是在九点钟离开家，后来过了几个小时呢，至少有三个小时吧，虽说是夏日的晚上，但是洗澡间里完全像刚刚天黑一样人声鼎沸。水蒸气聚满了整个屋子，朦朦胧胧的。泡澡的地方有多大我也不太清楚，搓澡床和桶等等都滑溜溜的，这个澡堂并不干净。因为已经半夜了，很多人来，所以才那么脏兮兮的吧。客人太多了，连拿一个小桶都要费半天工夫。再说到浴池的混杂，更是不堪入目，裸体的客人们像被洗了的芋头一样把浴池挤得满满的，我的周围有五六个家伙抓着池子边，正瞄着池中人们肩与肩之间的缝隙，准备想办法插进去。

“我发了一会儿愣，用澡堂借给我的毛巾撩起热水浇到背上，哗哗地响。后来终于发现正中间空出了点地方，就强行插进去了。泡到池子里以后发现池水温热，像唾沫一样慢悠悠地摇晃，带着澡泥，泛着臭味，强烈地刺激着鼻子。在我前后泡澡的客人的脸和皮肤等正好令我想起卡里埃[1]的画，氤氲朦胧，令我产生一种感觉，好像无数的幻影在那里飘荡。刚才也说了，我插进的地方正好是浴池的正中间，所以于我，除弥漫的蒸汽以外什么都看不到。看天花板是蒸汽，看前方是蒸汽，左右也是蒸汽，只能模糊地看到附近五六个人像幽灵一样的轮廓。如果那个时候，女澡堂和男澡堂，以及男女两个澡堂的搓澡处弥漫的吵吵闹闹的人声没有了的话，反射在水蒸气包裹的高高的天井里、圆形的屋顶上的纷扰的声音没有了的话，包裹着我全身的温暖的感觉等都没有了的话，就和我置身深山峡谷间的雾气里是一样的感觉吧。实际上，我那个时候也和在广小路的人群中徘徊时一样，像做梦一般高兴，进入了一种奇妙的、孤独的和不可思议的感觉。

“这个澡堂不干净，我泡在浴池中看了以后就越发觉得是这样。浴池边上、浴池底部，以及那里泛起的泡澡水

1　尤金·卡里埃（Eugène Carrière，1849—1906），法国象征主义画家。

都是黏糊糊的，带着泥土，就像嘴里含着东西一样。这样说来，我该是多么不高兴呀，但是实际上并没有那样难受的心情。我必须在这里告诉您我的怪癖，我也不知道为什么天生喜欢碰一些又滑又黏的东西。

“比如那个魔芋。我从小就喜欢魔芋喜欢得要死，但是并不是因为它美味。我就算不把魔芋放进嘴里，只是用手把玩，或者只是望着它颤动的样子，那样也会有一种快感。另外，凉粉、麦芽糖、管状牙膏、蛇、水银、蛞蝓、山药泥、肥胖的女性肉体——这些不论是吃的或是其他的什么，都同样地挑起了我的快感。我喜欢绘画，恐怕也是对这种物质的一份恋恋不舍的感情逐渐加剧后的结果吧。我想你看了我画的静物以后就会理解的，只要是像水沟里的泥巴一样稠糊糊的物体，或者像糖一样黏糊糊的物体，我都画得得心应手，为此，朋友甚至赠予我“黏糊糊派”这个名称。对于黏糊糊的物体，我的触觉特别发达，像黏糊糊的芋头、黏糊糊的鼻涕、腐烂了的黏糊糊的香蕉之类，我闭着眼睛仅仅摸一下就能马上猜中。因此，那天晚上进入脏兮兮、黏糊糊的泡澡水，脚碰到黏糊糊的池底，反倒带给我一种快感。我的身体慢慢地、很奇妙地变得发黏，连附近泡着澡的人们的肌肤都像这泡澡水一样，黏糊糊地发着光，我突然想稍稍去摸一下。一想到这里，突然间我的脚掌好像踩到了什么滑溜溜的东西，那是像生海苔一样稠糊糊的、又像鳗鱼一样蜿蜒爬动的、尤为稠密的黏糊糊的物体，却不知道那是什么。我用脚尖探了探那个黏糊糊的东西，它像海藻一样缠绕着我的两条小腿，这会儿变成更加黏稠的流质物，突然抚摸我的脚面。我最初以为是皮肤病患者的膏药或者干药糖剂之类随着绷带一起沉到池底、溶解以后的东西呢。不止这样，我踩着那个流质物走了两三步，那黏糊糊的程度就逐渐加强了，最终一个像橡胶一样蠕动的重物滑溜溜地在脚底下隆起。那个像橡胶一样的物体表面被痰一样的黏液完全包裹住了，虽说想用力踩一脚，脚底下却刺溜打滑。即便这样我还是不顾一切地用力一踩，那个鼓动着的东西膨胀得更高，各处都有凹陷的部分，然后再重新鼓起来，一边蜿蜒翻滚，一边从池底飘起来，好像有一间屋子的两根柱子之间的长度。由于它的样子太奇怪了，所以我想用手把那个物体拉上来看看，但是一瞬间突然有一个可怕的想法掠过脑海，让我不禁打了个寒战，收回了手。我脑子里突然闪过一个想法，缠在我小腿上的像藻类一样的物体会不会是女人的头发呢……女人的头发？是的，那确实是女人长长的头发在互相缠绕。那个像橡胶一样鼓动的重物一定是人类的肉体。浴池池底漂着一个女人的尸体。……

“不，不会有这么混蛋的事情。现在这个浴池中间除了自己，不是还有很多人在泡澡吗？大家不是都一副没事的样子吗？虽然也试着换脑筋这么想了，但是那个黏糊糊的东西依然缠绕着我的小腿，脚底下蠕动的东西柔软膨胀。我的触觉异常敏锐，哪怕是脚掌，又怎么会判断失误呢？——那是人类的，而且是女人的死尸，这一点很快让我觉得毋庸置疑。即便如此，为了放心起见，我再一次把它从头到指甲用脚踩了一遍，一定是那样的。像头一样圆形的东西，接下来是细长的、凹进去的颈部，之后是宛如山丘一样高耸的胸，尖部是乳房，再下来是腹部、两只脚，完全具备了人体的形状。我当然想过自己这时是不是在做梦。不是做梦的话就不会有这么不可思议的事情。我现在在哪里呢？是不是盖着被子在睡觉呢？这样想着，我就环顾周围，水蒸气依然笼罩着那里，朦朦胧胧的，人声吵吵闹闹，我的前后有两三个洗澡的客人，他们的轮廓是模糊的，像幻影一样漂浮。模模糊糊的水蒸气的世界形成淡淡的薄雾，我只能认为这是在梦中。我认为是梦！是梦！一定是梦！不！说老实话，我多少有些半信半疑，我狡猾地强行将其当作梦。我在心中祈祷，如果是梦的话就请不要让我醒过来，就让我看到更多的梦一般不可思议的情景，就让它变成更加有趣、毫无道理的梦。如果是梦的话就让我醒过来吧，这是人情，但我是相反的。我给梦赋予了更多的价值，将信赖与之连接。说得极端些，比起现实，我是以梦为基础生活的男人。因此，既然我领悟到那是梦，就不会一下子失去实在的感觉。做梦和吃到美味的食物、穿上漂亮的和服是一样的，会令人感到某种现实的快乐。

“我好像贪图梦境的趣味一般，用脚玩弄那具死尸。但不幸的是，那种趣味断不会持续很久。为什么这么说呢？因为在我把它当作一场梦的时候，我发现了一个极其可怕的事实。我脚掌处敏感的触觉——啊！那是多么令人憎恨的致命的触觉啊！——那触觉不止让我感觉到那是一具女人的尸体，甚至还告诉了我那女人是谁。那些像海带一样缠着我的小腿的黏糊糊的头发——多得令人可怕的、又像风一样轻飘飘的头发，非她莫属。我一开始爱上她，实际上就是因为这些头发。我为什么会忘了呢？何止这些，她那棉花一般柔软的、像蛇一样滑溜的全身——比如，那是涂抹了葛根汤般发黏发光的肌肤触感——那非她莫属。后来我的脚尖好像看见活生生的各部位一般，鲜活地感觉到鼻子的形状、额头的形状、眼睛的位置甚至嘴唇的位置。是的，不论说什么，不论如何掩饰，那的确是琉璃子。琉璃子死在了这里。

“那个时候，我暂时解决了洗澡水这个不可思议的问题。我并没有做梦。我见到了琉璃子的幽灵。一般情况下幽灵都是威胁人类视觉的，在我这里却威胁着我的触觉。我触摸到她的幽灵，我认为一定是这样的。我刚刚跑出家的时候，把她整得半死不活。我一定是在那个时候误杀了她。她筋疲力尽地倒在走廊里，根本没有起来，事实上那个时候她已经死了。而今，她化作幽灵出现在这个澡堂。如果不是幽灵的话，这么多的客人，不应该没人注意到。我最终是杀人了！总会犯一次罪的，终于在今晚实施了！——在这个想法涌上来的同时，我毛骨悚然，一下子跳出浴池，没好好洗洗身体就逃到了大街上。外边依然热闹。乘凉的客人们络绎不绝，继续在那一带散步，好多辆电车铆足劲儿跑着。这好像在证明除我以外的世界没有任何变化……

“筋疲力尽倒在走廊里的琉璃子的样子，和沉在浴池底部黏糊糊的尸体的触感合二为一。后来的两三个小时，一直到深夜的大街渐渐沉寂，我带着悲惨的心情毫无目标地在路上游荡，这没有必要再详说了，我想您大概都清楚了吧。我决定要先回一趟自己的住处，确认这可憎事件的真相，确实犯了杀人罪的话，明天一定会去自首。尽管除我以外的世界没有发生任何变化，可是至少我不得不相信琉璃子已经不在这个世界上了。实际上，那个时候我是极为自然地这么想的。琉璃子如果还活着的话，如果浴池底部沉着的尸体不是她的幽灵的话，那就变得更加不自然了。

“然而，那晚我很晚回到家，竟然发现琉璃子好好地活着，真是太不可思议了。平时吵架后离家出走是她的癖好，可是那晚是不是由于我打得太狠，以致她连挪动身体的力气也没有了呢？和刚才一样，她趴在走廊上，神志不清，身体向前伸出去，披散着那乱蓬蓬的头发——但是，确实活着。实际上我甚至想那是不是幽灵。但是，天明以后直至早晨，琉璃子确实待在我的旁边。当然，我没有把澡堂里的事情告诉她或者其他任何人。如果这世上有生灵，那昨晚的一定就是。我这么想。至今我经常产生奇怪的幻觉，但是把昨晚的死尸仅仅当作幻觉的话就过于不可思议了。除我以外，有没有一个人曾经碰到过那样不可思议的幻觉呢？

“自那以后到今晚为止，连续四个晚上的同一时刻，我都去了柳澡堂。但是，又如何呢？那个死尸每晚都会漂浮在浴池底部的正中间附近，舔着我的脚掌，黏糊糊的。人依然很多很吵，搓澡的地方被水蒸气笼罩着，朦朦胧胧的。这样还好，可是最终我不能忍耐了，此前我都是用脚尖摸，今晚想着一不做二不休，双手插入死尸的腋下，一使劲将之从池底拉了上来。于是——我的想象并没有错。那确实是她的生灵。黏糊糊的水垢泛着光，眼睛、嘴啪的一下张开了，死去的脸拖着濡湿的头发，像拖着粗布一样浮到洗澡水面上来——没错，这就是琉璃子的模样……我慌慌张张地把死尸再次摁到池底，拼命地从池水中爬出来，急忙换上和服跑到街道上去。瞬间，浴池里很多泡澡的客人都骚动起来，刚才还都没事似的在洗身体，现在全体一齐站起来开始喊叫：‘杀人了！杀人了！’还传来这样的声音：‘是那个家伙！是那个家伙！刚才穿着洋服跑出去的那个家伙！’我一惊，就绕了很多小巷子，最后飞快地跑到这里来了。……

“我要说的话就只有这些，我绝对没有说谎。我一开始把死尸当作梦，后来怀疑那是不是幽灵，最后认为是活着的灵魂，但是，当今晚看到很多家伙骚动的场景时，我明白了那既不是生灵也不是幽灵，真的是她的死尸呀。我是不是像大家说的那样‘杀人了’呢？如若是这样的话，那我是在什么时候、用什么方法杀死了她呢？我会不会像个梦游病患者一样，在自己不知情的情况下犯下如此大罪呢？即便如此，为什么她的尸体会沉在浴池底部呢？那个尸体最近都在那里，为什么直到今夜都没有被其他人发现呢？或者，最近直至今晚发生的事情全部都仅仅是我的幻觉？我是个不折不扣的疯子吗？——律师，请您为我解释一下这个令人不可思议的事实吧。就算我是罪人，也请向法官证明我所说的不是假话。我今晚从澡堂飞奔出来的瞬间突然想到，如果是律师您的话，一定能够谅解我那不可思议的立场，所以突然这样造访并请求您。”

那个青年的告白结束了。S博士一听完故事，就说得先把青年带到柳澡堂去看一看，要不然不清楚真相。然而，根本没有这个必要，不久后，几个搜寻青年行踪的警官就闯进了事务所，直接带走了他。据警官对博士所讲的来看，那个青年那晚在柳澡堂的浴池中突然抓住一个男子的要害处，致其死亡。被害的男子顷刻间不出声了，气绝身亡，沉到了浴池底部。这种死法令人意外，加上澡堂里非常混杂，水蒸气包裹了整个房间，所以人们一段时间内没有注意到这件事。后来青年把死尸拉上来的时候，一个洗澡的客人看见了，然后才慢慢地乱作了一团。

青年的情妇琉璃子当然没有被杀。她后来作为证人被传唤至法庭，据担任那个事件的辩护律师的S博士说，她在法庭上的陈述，充分证明青年是一个奇怪的狂人。

她这样描述青年平素的行为。

“我厌恶他并不是因为他不挣钱，虽说如此，我也没有在外面找其他男人。实际上，那个人一年年发疯的程度变得越发厉害而可怕。那个人前些日子开始，总是对我提出一些无理而古怪的要求。而且，说他看到了一些事情，其实那些事情压根不可能发生，这让我很伤脑筋。他虐待我、折磨我。折磨人的做法又非常奇怪。比如，摁着我，让海绵吸满肥皂水，把我的眼睛鼻子涂得黏糊糊的，往我整个身体泼上海萝，用脚踢我，往我鼻孔里塞满了绘画颜料，就这样一直搞些混蛋的事情来折磨我。如果我一直老实地任其将我当作玩具，他心情还能好一些，但是，如果我稍微显出不愿意或者怎么样，他就会立马发火，施暴于我。由于这样那样的事情，我实在讨厌和那个人待在一起。”

她并不是一个像那个青年想象那样的淫荡而多情的女人。据S博士的观察，她其实是一个老实人，慢性子又正直。

青年不久后没有被送进监狱，取而代之的是被精神病院所收容。

（一九三八年九月作）

被诅咒的剧本

有句话是“自然模仿艺术”。而接下来我要讲的这个可怕的故事，所表达的意思是，我还没有听过，也没有见过“自然”模仿“艺术”的例子。无论是这个故事的主人公、艺术家佐佐木（说到艺术家，应该是被上天赋予了人类最高机能的幸福的人。可佐佐木却是一个堪比禽兽的艺术家。虽然不是禽兽，却为何那么残忍，那么冷血，犯下如此让人憎恨的罪行？！），还是佐佐木的妻子——被狠心的丈夫杀害的玉子（我想说的是，比起杀一百个人，杀一个像玉子那样贤淑纯朴的妻子，作为丈夫是有多么残忍？），都曾经是我的朋友，对于他们的夫妻关系，以及他们在老家的家庭、生活等，应该没有人比我更清楚。可是，现在在写这个故事时，我总觉得自己也好像被诅咒了一样，无法控制自己的心情。为什么我以前会和那样阴暗、恶心的人做朋友？为什么玉子会嫁给他做老婆？好像我还能清楚地看到她可怜的样子，我的耳朵里还会传来地下的、她最后悲伤的呻吟。哎，可以试想一下，像玉子那样天真，直到二十二三岁还保持着处女身子，只为等待自己真爱的女子，除了丈夫，她在世上再无旁人可以依靠。而就是这样的丈夫，残忍地虐待她，并在无声无息中突然夺去了她的生命。这样的人！当然，我并不是一个和普通人一样同情心很强的人，而且在她被杀害这件事情上也没有特殊的利害关系。只是，作为一个了解玉子生前境遇和性格的人，如果说出至今都没有公布的她的死因的真相的话，恐怕没有人不同情她吧！——虽然我这样想，但是世间无论好人坏人，有很多女子天生就容易博得同情。有些女子在可爱中又有几分令人怜悯，仿佛是在树荫下静静绽放的寂寞花朵一样，总给人一种不幸福的感觉。恰好玉子就是这一类型的女子。她像十七八岁的姑娘一样，无忧无虑，脸色像新鲜的苹果一样红扑扑的，长着一张圆圆的脸。有时候她喜欢一个人呆呆地待着，眼泪出奇地多，秉性温柔，眼神像病人一样无力、悲伤。好像她自己并没有意识到这些，一直都觉得哪里都没有乌云，有着像小鸟一样被人喜爱的爽快性情。但是，一开始她就是一个惹人怜爱的女子。因为在她很小的时候，父母就去世了，她成了一个孤儿，所以，可能那样的境遇在之后的日子里不知不觉给她内心投上了阴影。总之，她给人的感觉不是令人想去喜欢，而是想去怜爱吧？

序言就写到这儿吧。我想直接进入主题。在读者当中，有多少了解文坛、剧坛情况的人？我想你们应该还记得去年夏天，在东京都内的某个小剧场上演的独幕悲剧新作《善与恶》吧。那部剧是由一个穷困潦倒的新人团体演的，他们只排练了三天左右，所以并没有引起太多的关注。但是，从艺术价值来看，这可以说是一部杰出的作品。而之前一直是平凡作家、被人们所瞧不起的佐佐木红华的名字，一时间在文坛引起轰动。这个故事中提到的主人公佐佐木正是那个佐佐木。而我敢称为“被诅咒的剧本”的，就是指他唯一的杰出戏剧作品。为什么那是“被诅咒的剧本”？——随着这个故事的进行，读者在后面自然就会理解。从前，佐佐木写完新剧本，一般都会发表在哪个杂志上，而只有那个剧本的草稿，因为一些什么事情在箱底藏了很久，突然拿出来在舞台上用过一次之后，又不知道藏在哪里了。那份草稿，实际上是由佐佐木的第二任妻子襟子一直亲手保管着的，因为那份草稿和本故事有着密切关系，所以可能有时，我会把它的部分内容插入故事中。虽说剧本一度被搬上了舞台，但过后大部分人都忘记了它的存在。所以我觉得如果再把它作为一个印刷品介绍给大家，也没什么意思吧。

佐佐木的第一任妻子玉子，去年二月和佐佐木一起去了上州的赤城山。虽然只在那里住了一周，但是，有一天她被丈夫带着去山里散步时，脚下一滑，掉进山谷摔死了。这是目前为止一般人所相信的事实。之后，佐佐木在同年夏天把那个剧本搬上了舞台。过了两个月，他陷入了极度的神经衰弱，最后出现精神异常，自杀了。佐佐木的死，坊间所说的自杀是毫无疑问的。但是，玉子的死，现在已经很明确了，绝不是过失那么简单，而是由她的丈夫佐佐木杀害的。虽然不能肯定佐佐木自杀可是出于他对杀害玉子之事的良心不安，但是他把那个不吉利的剧本搬到舞台上，是造成他自杀的直接原因。现在想来，我们能感觉到，那个剧本与赤城山事件之间，似乎有着很深的关联。我们一边欣赏这部戏，一边想为什么我们没有注意到这个，为什么没有人打听玉子的死因——只能说世间的人格外愚蠢。我之所以能够站出来揭露佐佐木的秘密，绝不是我自己发现的，而是造成他犯罪直接原因的恋爱事件的当事者襟子，给我提供了构成该故事的一系列证明材料（佐佐木在自杀前不久，将他所犯的罪行和良心的不安，毫无保留地全部告诉了襟子）。今天，玉子和佐佐木都已经不在人世，所以我把他们的秘密用自己喜欢的小说形式展示出来，也不用担心有人提出抗议吧？

佐佐木最终下定决心杀掉妻子，是在前年十一月左右。那时，他内心一直觉得，如果还不杀掉玉子的话，他就无法从她手中逃出来。——自己天生就是个可怕的坏人，却被虚荣心所驱使，想要混入好人的队伍。为了继续他不完善的、不彻底的生活，反倒进一步陷入了增加罪孽、加深悔恨的矛盾的结果之中。他想与其这样，今后还不如丢掉不合身份的虚荣心，回归自己的本性，是恶人就彻底做一个恶人。这个想法成了他有力的支柱，驱使他的意志向那可怕的决心推进。

无论是善还是恶，当人被某一决心驱使时，随之而来心中就会充满很强的信念。佐佐木深知自己的决心是出自多么利己主义、多么残忍的动机。无论从哪一点来看都是根本无法宽恕的罪行，他一定很清楚这一点。但是，其实对他而言，非怀着殉教徒之心是难以体味的，毋宁说是崇高的悲怆之情，让他振作起了十足的勇气。他将整个阴暗的邪念悄然藏于心底，每天依旧装作没事儿似的。不久，他接触到了将成为他罪恶牺牲品的妻子玉子。她生性天真的言辞、认真的一举一动，老实、愚蠢又纯洁的表情和眼神，与盘踞在丈夫心里的所有狰狞的感情对照，显得更加美丽、闪耀。可是，正因为如此，佐佐木才绝不会感到怜悯。不，如果要更深入去了解他的心理状态的话，即便他察觉到了，但是在最后决心的驱使下，他也只好收起了他的怜悯。

“就算让她仅仅再多活一天，也是多余的怜悯。正是因为觉得欺骗她是很可怜的，所以才必须要尽快杀掉她。”他只能那样想。觉得她可怜，这只能让他重新加速燃起杀念。之后没多久，他打发厨师去采购鲜鱼、蔬菜的时候，盯着她看了好久。正如厨师对着那些食材，考虑应该怎样下刀子、怎样煮、怎样烧一样，他也在考虑该怎样杀害她。他假装没事似的凝视着她，她的水嫩、丰满，“贤淑”和“温顺”，像雪一样洁白的肌肤，柔软的身体。在那个瞬间，他才觉得自己是世间最无情的人。她如此温柔，可以毫不夸张地说，面对有着天使一般纯净的心灵和脸蛋的女子，胸中藏着如此阴谋，难道这本身不是比杀害她更重的罪行吗？即便是要杀她的人，恐怕在她面前也会犹豫吧？佐佐木虽然没有对她下手，但那个瞬间他已然坠入地狱了。

“老公，为什么你最近老是不高兴？总觉得你一直都在生气呢。”那时候，玉子经常一边这样说着，一边试图窥探丈夫的眼眸深处——当然了，他的眼里看不出来有没有藏着毒辣的恶魔。她只要稍微看到丈夫对自己笑一笑就已经很满足了。“你可以不用像以前一样疼我。虽然你现在有了别的情人，我很难过，但是我会一直忍着，绝对绝对不会对你怀恨在心。但是，作为交换条件，请你只要在表面上给我一些温柔的话语。作为你的妻子，我还是会尽到做妻子的本分。就当是把它作为称赞，也请装作疼爱我吧！比起被冷漠地对待，我更愿意被你骗。如果你在我面前假装笑，即便我明白你背后还是会嘲笑我，但是，我不在乎。我愿意一直被你骗下去。我只想让自己在表面上看起来是个幸福的女人。”——她只想这样说吧？她心里这些哀怨的话，更加招来了丈夫的讨厌吧？但是，对于最近因为一点琐事就会生气、不快的丈夫，她只能小心翼翼地守着。这样心软的她，虽然一再让步，但是并没有说出这个唯一的心愿。她刚准备下决心说时，又看到了丈夫那可怕的紧皱的眉头，她忽然用凄凉的笑容掩饰了，孤独落寞的眼神像撒娇一样，只是呆呆地睁大眼睛看着。有时候睁大眼睛只是为了掩饰眼里的泪水。但是，她这样做并不是要掩饰，她的睫毛那边已经可以看到有悲伤的眼泪要流下来了。佐佐木总是对此视而不见，他低下了头。

“这是多么坏的丈夫啊！竟然连这样可怜的泪水都装作看不见！”玉子在心中一定是这么想的。在善良而且单纯的她的脑海中，怎么能想象得到比这更严重的“恶”呢？

但是佐佐木的这个行为，绝不能简单地说是因为他天生心眼坏。在这种情况下，作为平时刚愎自用的丈夫，他的态度里，有不像他的地方。对妻子的泪水低头沉默时，他就像一直不敢看吓人的东西一样，胆小地低下眼，垂下头。他并不是故意视而不见，而是好像想看却抬不起头。同情地看着她的眼泪，连他自己也很清楚这太坏了。就像恶魔害怕神灵，他害怕她的眼泪。

但是，无论他怎样低着头，她想说却没说出口的心里话，依然清楚地在佐佐木脑中回荡。就算是关系再冷淡的夫妻之间，也是脉络相通的，应该可以感知得到吧？这个脉络就是以心传心的感应作用，是以前相爱时唯一的纪念，这难道不是二人心脏里残留的恋爱的废墟吗？如果两人之间还有一点儿夫妻关系，也多亏这个纪念。正是因为有这个纪念，他们才依然保有以“丈夫”“妻子”相称的权利。无论怎样都想挽回昔日爱情的玉子，中途绝望了，但是，她挖出自己内心早已枯朽的废墟，在对往昔的追忆和怀念里继续生活着。与此相反，对于巴不得想尽快忘记夫妻关系的丈夫佐佐木而言，这个纪念对他而言只会是不合时宜的障碍吧。但正是因为有这样的东西，所以佐佐木无论怎样疏远她，仍旧无法忘记自己还是她的“丈夫”这一事实。就算他再怎么无情，也不会把她当一个旁人，不会感到她是一个陌生人。

其实，如果把这个可悲的爱情纪念——连接夫妻心脏的最后的脉络，用其他方法切断的话，佐佐木可能不会杀掉妻子吧。他想做到的是，即使不杀她，自己仍旧对她毫不关心。他想进入不得不忘掉妻子的样子、妻子的身体、妻子的灵魂的境界。他想把这些东西从自己的脑海中抹去，让它们永远消失，想要完全把自己从她影响的圈子里解放出来。他这样想着，他以前一直是多么辛苦啊！他是怎样积累经验，怎样学习的？每当他看到玉子倍受打击后令人怜爱的样子，都只会让他想要加速唤醒那心中深藏的恶魔。

“玉子现在那样向自己诉说，那样扑簌落泪。那个女人拘谨地控制着的自己内心的悲伤，就算再怎么感受不到，也会悄悄地流进自己的心里。这个女人是我的妻子吗？这个温顺的，这个凄惨的女人是我的妻子吗？——一看到这些，我就不由地产生了这样的心情。啊啊，‘老婆’，多么令人讨厌的词啊！为什么一到这个女人面前，我就不能从‘这是我老婆’这样的心情中摆脱出来呢？确实，我曾经爱过她，曾经和这个女人结婚，我和这个女人曾经是夫妻，但是，现在，我肯定，我不爱这个女人。和这个女人不是夫妻！即使在世间还是夫妻，但在精神上已经不能说是夫妻了。我的灵魂、我的爱情，已经全部都给了襟子。我的心和玉子的心之间——不，何止这样，最近连肉体与肉体之间，夫妻般的关系已经几乎荡然无存了。尽管如此，可为何自己不能像看陌生人一样冷眼看她？那个女人在哭什么，那个女人在叹息什么，她温顺的样子是怎么了？如果说那个女人身世可怜的话，那么在陌生人中，比她境遇悲惨十几倍的不是大有人在吗？如果把她当作陌生人当中的一个，会令人觉得特别悲惨，没有理由不可怜她吗？那个女人是一个笨女人，是一个和我聪明程度完全不同的女人，是一个一文不值的窝囊废。那样愚蠢、那样无知的女人的灵魂，没必要承认它的存在。可以认为，她是一个没有灵魂的、披着人皮的肉块。如果这样想，把那个家伙看作是木块、土块的话，岂不是可以完全摆脱她的束缚？”

佐佐木始终在努力地想要无视妻子的存在。这种努力，像极了下功夫想要摆脱烦恼进入三昧境地的僧侣所耗费的心血。在面对她充满忧郁的神情、饱含哀怨的泪滴时，佐佐木认真地将之视为一张白纸乃至一滴雨水，努力培养冷静的心境。

“我究竟为什么和这个女人结婚的？即便是一时冲动，为什么会爱上这个女人？看看那没有味道、没有情趣、如驴马般愚蠢的容颜，与充满活力又充满魔力的襟子的容貌完全不能相比。”

但是与此同时，这样的悔恨之情，却并没有从心底深处涌出来。他的悔恨之情越强烈，他就越失去冷静，“这是我老婆”这样的意识也更强烈。的确，这个女人很愚蠢，同时，她的容貌和精神都毫无光彩。但是，如果她不是他老婆，佐佐木还能深切地感觉到这些缺点吗？虽然这个女人愚蠢，但她的头脑和世间一般的没有受过教育的女人相比，至少是在同等水平。容貌方面，也未必不是美女。如果要让陌生人来评价的话，可以说她是一个十分优秀的妻子。正是因为如此，佐佐木才和她结婚的。——可现在，佐佐木对她抱着一种难以名状的厌恶之情。如果不是长年生活的夫妻，是不会产生这种厌恶之情的。这难道不是一种特别的情绪吗？这样一想，他对她再怎么强烈地厌恶，都只能证明越讨厌才能越深深地联系在一起。尽管他想从“她是个可怜女人”这种情感中挣脱出来，但就是这种讨厌的情感怎样都挥之不去。此外，更糟的是，这种厌恶之情的蔓延如影随形，哀怜的情感也已经在心底生根发芽，不能自已。随后，就像黑夜一定会到来一样，佐佐木在恨她之后，无论何时，一定能看见，无法表达的悲痛之云将她的心和自己的心黑暗地、悲伤地锁在一起。只要她的心弦一开始奏响哀乐，佐佐木心中的琴弦也没有任何预感地，忽然也自然地奏响同样的曲调。于是，遗憾的是，在哀乐的驱使下，不只是玉子，就连佐佐木自己也不由地快要流出眼泪了。

“你不是看见了吗？你和玉子在精神上不还是夫妻吗？你的心和玉子的心不还是这样融合在同一种情绪中吗？你讨厌这个女人，迷恋情人襟子。但是，情人的心和你的心是这样完全融合的吗？你和情人只是互相爱恋，但并不是夫妻。不只是你们，世间一般夫妻之间，都会有恋爱之泉干涸的时候，甚至是产生了别的情绪，一边被那种情绪联系着，一边共同走过人生。——你现在体会到的情绪正是那个。正是沉浸在悲伤中，你二人的灵魂才能真正紧紧地拥抱在一起。这样相互拥抱在一起的二者的灵魂关系，才比恋爱关系更牢固。这是世间的‘夫妻’——即使憎恨，即使诅咒，也是一生都不会分开的‘夫妻’关系。一旦结婚，被称为‘丈夫’，被称为‘妻子’，那么到最后，无论谁都无法从那种关系中逃出来。可以说如果你把她休了，就断绝了与她在人世间的关系。但是，即便她住在相隔一百里、两百里的地方，她心弦所发出的声音也不会感觉不到。你虐待她的记忆越清晰，她心弦的声音就越能感受得到。就算你把她赶到再远的地方，让她嫁给别的男人，但是她的灵魂依然活在你的灵魂之中。虽然你说她的灵魂一文不值，但一文钱也是钱。灵魂就是灵魂。你想把她看作一块土块！

如果可以这么看，那就这么看。即便可以把肉体看作土块，那个女人有‘灵魂’。无论她的灵魂有多么愚蠢、多么单纯，但也是一个严肃的人的‘灵魂’！你能把它等同于土块吗？能踩在脚下，肆意践踏吗？不仅如此，你刚才不是因为那个愚蠢、无价值到几乎为‘无’的女人的灵魂而相当烦恼吗？无论你多么讨厌她，现在你的灵魂不是紧紧地和她的灵魂拥抱在一起吗？”

哀怜之情缠绕着佐佐木，这种良心的谴责在他脑海中悄然而生。“这是我老婆”这样的呼喊再次开始，凄恻动人。

世间比佐佐木更残忍对待妻子的男人，应该相当多吧？除了虐待，他们尽可能像没事儿似的休掉妻子，然后再把新的恋人迎娶过来。他们给前妻造成了不幸，但是他们好像对自己的这种行为没有任何不愉快的回忆。这样一来，他们好像是比佐佐木更加残忍的坏人，却不一定是这样。如果只是止于让妻子沦落到逆境这个事实的话，佐佐木就不会犹豫是否要干得比他们更残忍。佐佐木害怕的并不是“让妻子陷入不幸”，而是后面会到来的长时间的“不愉快的回忆”，这会不会成为他享乐生活的障碍？如果自己的脑海中有不愉快的回忆和阴郁的追想，它们生根发芽的话，自然会把这些阴影带给襟子。这样两人的恋爱关系将会出现裂痕吧。对妻子而言，不幸并没有什么影响。但是自己，必须要幸福！这样考虑的佐佐木，就连他自己也不得不承认，他比别人更残忍。

他又思考了为悟道而抛家弃妻、皈依佛门的善知识[1]的立场等等。正因为他们的那种动机是向善的，所以很容易就能从妻子的牵绊中走出来吧。但是那个动机是什么？那对于被抛弃的妻子的不幸应该没有影响吧？对于天生就是善人的他们而言，给妻子带来不幸，一定会成为令他们伤心的种子，这一点我们无法相比。只是他们努力依靠信仰的力量克服这种悲伤。与此相同，佐佐木为什么不依靠恋爱的力量克服悲伤呢？他对襟子的爱恋之心，与善知识的信仰相比，缺少了宗教式的狂热吧？——对于这个问题，他断然回答了“否”。自己对襟子的向往程度几乎达到了盲目崇拜的地步。他对襟子的仰慕程度，与宗教家对神的仰慕并没有区别。在这一点上，自己确实和他们一样狂热。大家认为自己无法从与妻子的联系中脱离出来，和狂热的有无以及狂热的程度没有关系。正如前面所说的那样，即使不是善知识，在世间有很多人，仅仅出于卑鄙、不道德的动机，甚至会因为非常短暂的心绪不定而生出的浅薄想

1　佛教语，在梵语中为善友之意，指能导人以正道者，后亦泛指高僧。

法，将毫无过错的妻子推入逆境，而自己则没事儿似的。这样看来，那不止和热情程度没关系，也不拘于动机的善恶。在佐佐木看来，那只取决于每一个人的性情——更确切地说，是那个人体质中神经的迟钝或灵敏，再无其他。古代的善知识并不是一个个神经愚钝之人，可他们至少拥有健康的神经，没有病态到妨碍他们坚强意志的程度。然而，不幸的是，佐佐木具有近代人特有的过度敏锐的、不健康的神经。他放荡的、贪得无厌的利己情欲，和这种病态的神经，好像互为经纬，很像是一张被制成的织品。不用说，道德良心的敏锐和神经衰弱的敏感是完全不同的。但是，佐佐木因为有这种特质，所以偶尔作“恶”之时，能看到他好像很胆小的样子。他非常清楚自己的神经不能忍受复杂的、过度的刺激。对妻子的强烈厌恶和对襟子的疯狂爱欲，这两者交替、反复地攻击着自己。连现在这种状态，从一个极端到另一个极端的急剧的变化，自己纤弱的神经都无法应对。如果这种状态再持续下去，自己可能会发疯。但是，如果在此基础上采取触动神经的行为的话，那么可能会来不及醉酒欢庆就死了吧？——这样的忧虑如同恶魔般缠绕着、威胁着他。他是一个极端利己、觉得别人的不幸连屁都不是的男人。这种忧虑是在他敏感的神经兴奋时产生的，可以说是为了自身利益而害怕。……

如果是这样的话，为什么他要下决心杀死妻子？连休妻都无法做到，如此胆小的佐佐木为什么要干这种无法无天的事？为了解释这个，这里必须要稍微说说妻子玉子的态度。——正直又愚蠢、肉体上健康的玉子，原本就和佐佐木相反，是个神经极为迟钝的女人。佐佐木对她的存在，打心底诅咒。但是在“神经迟钝”这一点上，他觉得还不错。如果她是一个敏感、猜疑心重的女人，为了干扰丈夫在外乱搞，而设计能用上的所有刻薄的奸计，动用犀利、狠毒的语言，恐怕佐佐木揪心的程度会越来越严重，神经在很久之前就会错乱了吧。他用他脆弱的神经，一边抵抗强烈的刺激，一边享受和襟子的恋爱，这个还得感谢玉子的迟钝。

“我老婆是个老好人，所以不用担心。这也算是她的优点。”他这样说让襟子放心，也让自己放心。人，终究容易夸张地把事情想得很顺利，这或许不限于佐佐木。然而，狡猾的他深信妻子很老实。她无论怎样被虐待，好像都不会轻易从心里反抗。这样水嫩的体质，在生活的辛劳面前，却没有怎么衰老。那带着健康光泽的丰满身体，看上去好像永远保证了她的老实。当然了，像从前那样，现在在她身上看不到丝毫的妖艳。她脸上的表情也越来越寂寞了。但是，她旺盛的健康和表情无关，身体里所有的部分都燃烧着年轻的血液。她有时候会哭，眼泪流到脸颊上，脸颊的肉像桃子一样红红的。她就算尝尽世间艰辛，活到四五十岁，身体的某个部位还能维持纯真，令人联想到“处女的自豪”吧。一点儿小事情就容易让佐佐木激动，对他的神经而言，她的眼泪是不小的威胁。但同时，她像猪一般脂肪厚实的强壮身体，是缓和他兴奋的镇静剂，也是安慰。“在这个女人脸色还没苍白时，在这个女人还没表现出为贫血、为歇斯底里而痛苦的迹象时，我要进一步虐待她！”

佐佐木始终注意着她的眼神。那是现在看上去还没有歇斯底里、发疯的表情。——一个残忍的行为完成后，必定会有这样的恐惧袭来。就像胆小的盗贼趁着人睡着了悄悄进来偷东西一样，他观察着妻子的眼神虐待她。但是，善良的玉子，并不知道丈夫这些可怕的弱点。如果她是一个稍微坏心眼儿、聪明的女人的话，会装疯，那么应该会让丈夫很苦恼吧。但是她不擅于演那样的戏。她那总是充满温柔的、单调又干净的眸子里，即使有时包含着忧郁的影子，但也像是住在百合花上的朝露一样，清爽新鲜。

“所谓妻子，并不是谁的妻子都能得到丈夫的爱。反而大多数妻子的命运是扮演干扰丈夫恋爱之路而被憎恨的角色。如果是那样的话，只要我不能和襟子结婚，让玉子担任被憎恨的角色，把最不适当的她娶为妻子，这就是不幸中的万幸。”佐佐木这样想着，不知道放弃了多少次。

但是，这种不幸中的万幸并没有为了佐佐木而持续太久。那时候，佐佐木多少恐惧地嗅到，妻子的态度正在一点一点地背叛他任性的信任。——那时候好像是前年春末，五月下旬左右吧。平时不太在家住的佐佐木，有一天终于回家和妻子住了一晚。那天，她把长期忍受的委屈和抱怨，全都对丈夫说了出来。

“老公，喂，老公，求你了，求你了，不要老转向那边，请转到我这边来吧。偶尔也给我看看你的脸。求你，求你，求你了。为什么你那么讨厌我？虽然，我被你讨厌，但我还是想看看你的脸，想看……”

说这些话时，从妻子的眼里突然流下了好多泪水。那不是平时那种客气的、寂静地一滴滴流出的泪水，而是从她浑身健康的体力和新鲜的血液涌出的、愤怒的泪水。佐佐木特别顽固，用冰凉的背对着她，但是那难以应对的眼泪使他不由得感到不可思议的胆怯。她自己也不知道为什么会有那样的眼泪，努力地不出声，猛烈地抽搭，但是并没有拼命地屏住呼吸，而是哭着在内心世界挣扎。

“……现在才这么讨厌我，这不是没有办法吗？和我结婚，不是你的错吗？你！……一切都是你的错。我一点也没错。我是一个可怜的女人。你一定要把我赶出家门，迎娶襟子吧。那么我该怎么办？我既没有父母又没有兄弟，如果被你赶出去，我外面没有别的地方可以去……唉，求你了，请稍微把脸转过来一点，一点就可以。喂！叫你呢！老公！老公，老公，老公……”

她这样说着，眼泪又止不住地流了出来。但是，她不再把眼泪咽下去了，而是任由它流着，她一边把脸凑到丈夫枕边，一边重复说着同一件事。佐佐木依旧闭着眼睛装作不知道的样子，但他越那样，她越是要转过来，一点点地抱紧他的脖颈，像项圈上的铃铛一样，在耳旁抽泣，令人觉得很吵。她像狗在主人脚边转圈玩耍一样，用唇尖大口地咬着丈夫的耳垂进行挑逗，几乎失去自控力一般无休止地絮叨着。她的话杂乱无章而任性，就像从废纸篓里溢出来的破布一样，丑陋不堪。但是，它沾着泪水，发光发烫，融化在带有异常黏着力的声音里，就像沸腾的酒洒下来一样，让佐佐木不得不用心去听。洒到他耳朵里的不只是絮叨，眼泪也在与其一争高下，潸潸灌进耳朵。起初，就像雨滴敲打瓦片一样，吧嗒吧嗒地一颗颗落下来，最后，如同淋透的水一样，缠着太阳穴。不一会儿，连他脸颊上都有几根青筋开始拉扯。那是佐佐木从未经历过的灼烧的热泪。泪水本身如同蛇一般，是乱翻乱滚的生物，令人惊讶是不是为了她，在向她的丈夫苦苦哀求，执拗地爬过佐佐木的脸流下来，它爬过脸蛋，爬过鼻梁，最终无情地流进了他的眼里和嘴里。沉浸在她的热泪中，那语言的气息一散发出来，就算是再冰冷的铜像，也一定会对其敞开温暖的怀抱。即便佐佐木再怎么努力想让身体变得僵硬，振作精神，但是从他耳畔绵绵不断倾泻下来的话语，就像瀑布流下形成深渊一样在他心里泛滥开来。无论他愿不愿意，都必须体味流入自己眼睛的妻子的泪水，不得不咽下分开自己嘴唇进入体内的妻子的眼泪。不知不觉，他的眼睛因为妻子的眼泪而流泪，他的鼻子和喉咙也因为妻子的泪水而抽泣。让自己眼球发烫的东西，让自己抽泣的东西，是妻子的泪水还是自己的泪水？自己脸上的泪水是谁的？——这样想的时候，佐佐木感觉到自己也已经在哭了。

“为什么我会和这个女人一起哭？为什么我没有一脚踹飞这个如此难缠的女人？”

佐佐木明显被这个纤弱的女人，愚钝的女人，自己瞧不起的女人施加了压力，身体无法动弹。当然，他并不是在今晚才第一次切身体会到妻子的不幸。自己是怎样虐待她的，她的心中忍受了多么难以忍耐的悲伤，这些不用现在才听她来哭诉，一开始他就很清楚的。就算她再怎么哭诉，列举自己的悲伤的事儿，那些话里也不会产生打动佐佐木的新的理由。佐佐木感受到的压力不是精神方面的，而是来自于她的肉体的。至少佐佐木已经可以感觉到肉体般的东西了。那滚烫的、如泉水般不断涌出的大量的泪水，一滴一滴包含着火一般的热情——这些带来的压力，如果不称之为肉体般的还能称之为什么呢？即便是撞开嘴唇冒出来的她的语言，也只是从健康的肺脏里吐露出来的、具有可怕底气的呼吸，只是滚烫的深呼吸，这麻痹了他的肉欲，令他心慌意乱。不仅如此，在她丰满的胸后，佐佐木的心脏像钟表一样咚咚地鼓动，全身发达的肌肉如藤条般既硬又具有韧性，痉挛一般抽搐的痛苦瞬间袭来，他明明白白地感到这些传到了他自己的身体上。尽管他平时鄙视她在灵魂方面是个“柔弱的女人”，然而现在她强壮的体格、血液和筋骨在那里波涛汹涌。而且，在佐佐木看来，正因为她是一个“愚笨的女人”，所以她肉体力量的猛烈，才如同带有猛兽般的威力一样威胁着他。那里，她幼稚的感伤主义已经绝迹，只剩下身体的暴风雨。

“……实际上，连我都被玉子吸引，扑簌地流泪什么的，我不明白为什么会是这样的心情。总之，我昨晚完全被玉子压迫着。如果说玉子压迫我不合适的话，那就改成玉子的身体。这种说法更贴切。对我这种神经衰弱的人而言，那女人哭的样子、说话的样子对我形成的刺激过于强烈。被那样的泪水侵袭，被那么有力的腕关节按着脖子，被那样纠缠的话，我会吃不消的。一开始我默默地闭着眼睛忍受，但没过多久，我的头被锋利的指甲挠得乱七八糟，开始头昏脑涨起来了。后来，不知怎么地，玉子的眼泪流进了我的眼睛，在我不停地眨巴眼睛时，就感觉眼球周围奇怪地温润了起来。我已经无法再忍，终于一起哭了起来。哭和拉屎一样，是一种生理快感。所以就算是玉子，也并不是因为悲伤才哭，可能开心也会哭吧。抑或因为她是个愚笨的女人，所以自己也并不清楚是因为悲伤而哭还是因为高兴而哭吧。也可能是因为眼睛里充满了泪水，所以才哭的吧。那家伙简直就像出汗一样，轻松地就哭了出来。

“玉子抱着我的肩膀，使劲地把我的身体转到了她自己那边。我就像死尸一般，筋疲力尽，连反抗都不想反抗。但是很遗憾，哭的样子被她看见了，所以我把脸和那家伙的额头紧紧贴在一起。四只眼睛流出的泪水就像水一样濡湿了我的整个脸颊和那家伙的整个脸颊。或许是我眼里流出的泪水流入她的眼睛，再一次变成泪水流出来了吧。或许是我把她眼里流出的泪水当成自己的泪水吸进了鼻孔里吧。我知道事情变得棘手起来了，但是实在无能为力。其实，哭的时候还好，但是哭得狼狈不堪以后，脑子就会反复剧烈地疼。体内的神经像带了刺一般，奇怪地焦躁不安起来；眼睛彻底清澈起来；额头上好像用浆糊粘着薄纸或者其他什么东西一样，令人感到绷得紧紧的。这些令人心情不好，手脚的各个关节之间游走着一种说不清的倦怠和疲劳，脸上像发烧一样，而且背部微微发冷，如同感冒了似的。从这种情况来看，我想明天我一定会变成一个病人。但是，玉子那家伙那样哭过，却好像一点儿也不累。大部分人一旦神经极度兴奋，之后一定会感到肉体上的疲劳。我的这种感觉过于严重了，说到玉子，她和一般人完全相反。那家伙的神经越兴奋，肉体方面的健康程度就会增加。她哭呀，喊呀，就和中学生打网球或踢足球一样，是一种痛快的运动。该怎么说好呢？总之，她的确是一个令人不可思议的女人。简直就是一个像动物般顽强、愚笨的女人。就这样，只要我不说话她就得寸进尺越发粘上来。拜她所赐，我整晚都没有合眼。如果这样下去，明天我一定会成为名副其实的病人。

“话虽如此，可玉子歇斯底里了吗？昨晚那家伙的行为，对那个女人来说是越出了常轨。我之前担心的事情最近终于发生了。如果是一个具有普通神经的女人，那倒也不会令人觉得不可思议，然而一想到连那个女人都可能变得歇斯底里，就稍稍觉得意外。那个女人长得过于肥胖，就算是用锥子刺她，她的肉体也很难做出深入骨头芯的反应。然而歇斯底里居然通过这样的肉体多少渗了进去，令人觉得有些可笑。就像平日身强体壮的人突然得病一样。

但是，她的歇斯底里，却有一种特别的韵味。歇斯底里爆发以后，脸色一般都会变得苍白，消瘦下来，而那家伙最近却看上去比以前更胖了。恐怕再怎么厉害的神经衰弱，都敌不过那家伙的肉体吧。……”

佐佐木死后，他身边书箱底部的日记被找出来了。翻开这些日记，人们一定能够想象到那段时间里玉子因为他有多懊恼。日记详细地叙述了从那年五月下旬开始、直到大家推断他产生杀人之意的十一月上旬为止的心理历程。

“同病相怜”是就身体生病而言的真理。对神经衰弱的患者而言，看到同一类型的病人该是多么可怕的威胁啊。“我要是长期接触疯子，最后自己也一定会变成疯子的”，佐佐木一直都相信这个，苦于自己的神经过敏。不用说，妻子的歇斯底里行为，令他的过敏越发变得病态。他感觉到，妻子的歇斯底里恶化一步，他的神经衰弱就会在其影响下恶化两三步。在他倾注了自己生命里所拥有的一切，正要享受和襟子的爱情的时候，他发觉别说实现这个，就连他虚弱的、有限的精力，都因为和玉子的接触反倒被夺走了，这个时候佐佐木怎能不诅咒她呢。而且，她的健康并没有为此受到任何影响，反而他自己的心理和身体一天天地更加疲惫。这样一想，他对她的憎恶之念仿佛再一次添加了柴火一般燃烧起来。他这样的状态，在与以往完全不同的层面上显示出来，开始害怕并疏远玉子……

“还好，玉子的歇斯底里只是那晚偶然突发，从那次以后一直到昨天也看不出有发作的迹象。我想那次后一定恢复了吧，所以，我放松了警惕。结果又怎么样了呢？昨晚是怎么一回事呢？那家伙的歇斯底里还是没有好。别说恢复了，以昨晚的情况来看，那比以前更严重了。

“自从先前那晚以后，直到昨晚以前，我都没在家住过。这段时间预约的稿子堆了一堆，所以白天关在书房里闭门工作，但是到了傍晚就实在忍不住跑去襟子那里。然后，不到第二天早上不回来。如果可以，我真想在襟子身边写稿子，但是，恋爱和工作实在没法在同一个地方进行。所以，不得已才只好回家来。——即使我还在干着这个差事，可是深切地感觉到需要钱。只要有钱，我就不想做影响我恋爱的工作了，但是——

“不凑巧，昨晚一直工作到十二点以后，所以只好住在家里了。距上一次住在家里那晚正好半个月。睡下的时候大概过了一点吧。即便玉子心里担心我，可她是一个像猪一样贪睡的女人，想必早都睡熟了吧。谁知，我睡下的同时，她突然睁开一双清澈透亮的眼睛，直直地盯着我的脸。我吓了一跳，但是，已经晚了。她那直直地盯着我的眼睛，突然眨巴起来，通红的脸颊上，泪水早已悄无声息地流淌下来，像瀑布一样。

“‘老公，你要休息了？几点了？’

“她静静地说，好像完全没有意识到自己脸上流着泪水。不幸的是，我们正好脸与脸相对，所以现在也没法转向一旁了。也不是说没办法，害怕因此反而刺激到她。但是，结果那种让步并没有任何作用。之后就和上次那晚一样，一样地讨厌极了。我再一次重复了那晚的心情。

“自那以后的半个月，一点儿也看不出发作的征兆，为什么昨晚又复发了？——但是，回想一下，我这半个月，了解白天的她，却并不了解晚上的她。如果我昨晚以前每晚都住在家里，或许那个女人每晚都那样吧。不！或许我有事不在家里的夜晚，那家伙依旧会一个人在床上那样流泪，一个人絮絮叨叨地自言自语个不停吧，我不知道。然后，到了白天，就和夜晚判若两人，就像什么也没发生过一样。她还是一如既往地谨言慎行，始终小心翼翼地看我脸色行事，即使偶尔跟我说个话，也会很客气。而且，还是那样不错的脸色，还是那丰满的体态，所以谁都不会想到那个女人有歇斯底里的毛病。而她只有在夜里才发作，试着从她歇斯底里的原因来看的话，那并不是没有理由的事。那个理由外人不知道，但作为她的丈夫，我的心里再清楚不过了。我的确只对这件事情有自信。我虽然明白，但心术不良地故意装作不知道，所以她才会更加失望地哭泣和絮叨吧？她想表达的，不是她对我和襟子关系的嫉妒之情，而是别的问题。但是，即便她再怎么歇斯底里，要露骨地说出那番话来求我还是做不到的，这是因为她平时就是一个羞耻观念很强的女人。不管怎么说，那一定是那个女人的可爱之处，也是那个女人的优点。但是我利用她这个优点，最终做了坏事。而且，她虽然很清楚我那心术不正的事，但是她不会指出来。正因为想要触及问题可又无法触及，所以她的语言越来越啰唆，越来越热烈，眼泪也一个劲儿地流下来。

“总之，夜晚是不行的。只要小心地度过夜晚就平安无事。之后我必须尽量不住在家里，除此以外别无他法。”

“啊啊啊，夜晚！夜晚！在恋人身旁时的夜晚为什么那么开心，而住在自己家里时为什么这么可恨，这么令人诅咒啊！昨晚距之前那一次正好一个月。实际上，这段时间，因为有事必须住在家里，但我都会尽量安排，拖延回家的时机。‘今晚无论如何也必须待在家吧’——光是这样想想就已经很烦了。但是，昨晚，离交稿日只有三天了，所以不得不待在家里。而且，之前我就相当担心，我经常不在家，两三个月都不在家住的话，都不知道玉子的病情因此严重了多少。如果下定了坚定的决心，之后的日子里一生都不再和玉子过夜的话，趁着什么都没有发生就偶尔回来住住，要不然，总觉得不安。要是一辈子都不靠近她的话，还不如离婚呢。住在一个家里的话，不管怎样也不可能做出那种大胆的事情来。

“昨晚一开始我就死心了，但是因为死心了，所以不愉快的程度一点儿也没有减少。反而我还没睡就已经开始害怕，特别担心晚上的事。这期间就到了睡觉的时候，果然，那一瞬间玉子又睁大了水灵灵的大眼睛。而且，我又完全和她刚好面对面。那家伙的鼻子和我的鼻子就像两个手掌重合在一起一样完全贴在了一起。当然了，不是我主动贴上去的，而是那家伙一个劲儿地将她的脸靠过来的。以双方的鼻子为中心，双方脸突出的地方和凹陷的地方紧紧地交错着，两张脸完全成了一个整体。不仅是脸和脸，那家伙的眼珠和我的眼珠，隔着一层薄薄的眼皮相互咕噜咕噜地冲撞着。我的脸好像已经不是我自己的脸，而像是雕塑家使用的粘土一样，变成了那家伙脸的铸型。这样一来，以前的思想准备便没什么用了。啊啊啊，讨厌，讨厌，她是一个多么令人讨厌的女人啊——胸中充满了这样的情绪。……

“那么，接下来又该开始固定的牢骚了，到了泪水马上就要流出来的时候。——我心里这么想着，像死了一样凝神屏息。突然，两个人的眼球间隔着的她的眼皮，就像被风吹动的蝴蝶翅膀一样，慢慢地、慢慢地微微颤动，那颤动就像电流一样，被我的眼皮所感知。没多久，在她颤动的眼皮背后，她的眼球这次就像遥远的地鸣还是什么一样，开始响起来。那明显是泪水从泪腺被挤出来集中到那儿的声音。——恐怕除我之外听过那眼球声音的人没有几个吧。一听到那个声音，就感觉泪水像从脑髓深处某个地方滚滚涌出，如温泉一样。尽管声音很微弱，但是在它传到我的眼球时，却并不令人觉得它是那么微弱。它发出轰隆的响声，令人觉得她的整个脑袋就像吊钟一样在响。那个时候，我的大脑里也传来了响声，因为震动，脑髓也痛得发麻了。眼皮的颤动和眼球的鸣叫，这两者渐渐地剧烈有劲儿起来，刚感觉到突然间好像有什么轰的一下变得滚烫起来时，泪珠已经滴滴答答地流到了两个人的脸上。‘喂，又要开始老把戏了吗？够了，给我适可而止吧！无论你怎么哭，我都不会可怜你。’因为不愉快的程度过高，所以我连说出这句话的勇气都没有。但是，比起说出这句话，我在心里用更加激烈的语气，重复了好多遍。——实际上，最近在这样说的时候，相比不愉快的感觉，憎恶的念头也油然而生。‘可怜的女人’这种感情，并不是完全没有产生，正因为产生了这种感情，所以才更加憎恨、疏远她。看看白天的她，离开之后再想想，尽管我认为没有那么严重，但是，一旦这样就不能忍受了。因为完全不能忍受了，就必须想办法远离这个女人。除此之外，我无路可走。还是排除万难，断然采取措施吧。如果这种状态一直持续下去，那我和这个女人都将是非常不幸的——我认真地思考着。

“但是，如果采取断然措施的话，该怎么办好呢？即使要离婚，可没有收留这个女人的娘家。让这个女人和我分居的话，对贫穷的我来说，光是终身赡养费，我也负担不起。如果有那些钱，我会花在襟子身上。为这个女人，我一分也不想花。那么，难道这辈子就必须和这个女人白头终老吗？那种可怕的‘夜晚’在今后还要重复上演多少年呢？啊啊啊，不要，不要啊，比起我最初的想象，我们夫妻是过得极其不幸福的人。……”

“该怎么做，我才能完全摆脱玉子的影响呢？——这些日子，我的脑海中始终被这个问题萦绕。

“两个人之间没有孩子，看上去这个问题多少就容易解决。如果有孩子这个纽带，一开始就不会期望解决这个问题。就算躲开了妻子，她生命的一部分——如果有一个孩子，那应该是她的分身，那我终究都不可能从她的影响中逃脱出来。但是，如果没有孩子的话，我就可以彻底逃出来了吗？难道孩子以外就完全没有其他牵绊了吗？

“我特别提出‘完全’这两个字，其实是有深意的。若身体和身体分开了，但心和心没有真正分开的话，那种分开就不彻底。我所期望的是完全的分开。我想被带入类似于以下的这种心境：玉子这个女人，作为自己的妻子，当然，即使是仅仅作为一个人，一开始就像没有在这个世界上生存过。

“如果只是分开，我就会想到曾经作为我的妻子受我虐待的这个女人，此刻正在这个世界的哪个地方怀恨于我地生活着，这样的结局和她在我身边是一样的。每当我的脑海中关于她的回忆复苏时，我和襟子的爱就必然受到诅咒。

“啊啊啊，总之，无论如何得想办法切断我的心和她的心之间的联系。如果是眼睛能看到的联系，那还有办法解决。就是眼睛看不到的联系，所以才拿它没有办法。”

“这里只有一个可能解决问题的方法。只有唯一的一个。除此之外完全绝望。

“要想切断我的心和她的心之间的纽带，就要把我的心放在别的地方。把我的心变成恶魔，然后联系的纽带才会切断。应该没有纽带能够连接人的心和恶魔的心。

“要怎样做才能成为恶魔呢？这个显而易见。”

“我能成为恶魔吗？为了学习恶魔的行为，就不会害怕一边生活一边受地狱之苦吧？——当然了，不能说不害怕。但是，到目前为止，我因为一点小事都会神经衰弱、胆小，这都是因为我的态度不坚决。因为我总是半路中纠结要做人还是做恶魔。如果把心当作魔鬼的话就没什么可怕的了。首先，尝试坚决果断地、大胆地干坏事。这样一来，自然而然心就像魔鬼一样了。即使不那样，我天生就有很多能成为恶魔的特性。对我而言，做恶魔比做人更容易。虽然我想要享受和襟子的恋爱，但是如果没有那点觉悟，还能做什么呢？……”

佐佐木的日记到此就结束了，后面的事直到他死，一行都没有写。上面写的最后一节，是十一月二日的记录，但是，想来，他那个时候，已经完全坚定了“恶魔之心”吧？就这样，十一月以后进入了他计划如何履行那个决定的时期。就算是他，也终究没有胆量把那个计划写进日记。

于是，佐佐木开始执笔写“被诅咒的剧本”来替代写日记。最初的一个半月时间里，他总是频频地感到忧郁，陷入沉思，没怎么工作。进入十二月中旬后，他便每日白天伏案工作，绞尽脑汁构思一个剧本。

戏剧：善与恶（独幕剧）
时间：现代（应该是夏天还是冬天？）
地点：远离东京的一处僻静之所
出场人物：
A　青年文学家
B　他的妻子

稿纸第一页，用浓浓的钢笔墨水写着这样的文字。但是，情节好像不好推进，之后没有一页进展。玉子时常因为一些事去书房，看到佐佐木基本上都是两手托着腮帮子，一直盯着那些文字。

随着日子一天天过去，第一页上写上了新的东西，出现了漆黑的涂抹，涂抹太多又重新写，然后又在那上面加了订正，作者纠结于各种趋向。例如，我们看——

“时间：现代（应该是夏天还是冬天？）”的旁边写着这样的文字：“时间是晚上？还是清晨？”

两三天后改成了“傍晚日落时分”。

关于“地点”，是佐佐木煞费苦心的地方，写着“远离东京的一处僻静之所”。旁边添加的，一开始是这一行：“海岸？温泉？”但最终，“海岸”被删掉了，接下来，“温泉”也被删掉了。这次稍微详细地重新指定为“远离东京数十里的某温泉地，信州或上州一带的山里偏僻之所”。后来，两三天内，这个被完全删掉了，变成了“东京郊外、井头辩天附近”，或者是“东京郊外、绫濑川附近”。

刚以为就这么定下来了，又被改成了毫无瓜葛的“浅草公园内电影院附近的小路”。同时，“时间”也被订正成“某个周六的晚上浅草公园最热闹的时候”。

就这样足足一周无数次地修改以后，最初的一页终于变成如下模样：

戏剧：善与恶（独幕剧）

时间：现代（冬天二月左右某一天傍晚）

地点：上州赤城山中

出场人物：

井上　青年文学家

春子　他的妻子

佐佐木想着这样就没什么需要修改的地方了。然而，终于进入正文的夫妇对话以后，与以往的速度相比，他下笔出奇的慢。主人公井上首先要以什么样的态度，从哪个方面向妻子春子开口呢？对此，春子要以什么样子示人，怎样回应呢？——他不知撕了多少回正在写的草稿。

舞台场景——晴朗的冬日黄昏山里的光景。一边是悬崖，一边是深谷，有一条连起它们的路。到处都积满了雪，人迹罕至。接下来井上和春子散步出场。井上，年龄二十七八岁，穿着护肩斗篷，戴猎帽，围巾裹着他鼻子以下的脸。春子，二十一二岁的女性，脸圆圆的，很可爱，看上去只有十八九。穿着斜纹哔叽外套，扎着头发。

（井上）啊，一边看雪一边好好活动了一下身体。走得太多，我都出汗了。喂！在这边稍微休息一下吧！（取下围巾，一边擦额头的汗，一边在面朝深谷的路边坐下来）

（春子）（开心地靠近丈夫）这样走，真的不会觉得冷啊，也不会有其他不适呀！但是，因为天已经黑了，所以不要在这种地方休息了，早点儿回家吧！（一边说着一边蹲在丈夫旁边）唉，老公，回家吧！

（井上）再等一下，你走了那么多路，难道一点都不累吗？

（春子）不，我一点儿也不累啊，我比你脚力好哦。

（井上）你真的不像女人呀！你有这么结实的身体，可为什么还会歇斯底里？

（春子）已经没有歇斯底里了啊。搬到山里后，已经完全好了呢。

写到这儿以前，佐佐木脸上时不时地浮现出奇怪的微笑，迅速地闪过不安的表情。从创作开始，他就尽可能地不让人去书房，但是不知为何，他却屡屡叫妻子给他沏茶添火，吩咐她做一些小事，并暗中观察她。那种时候，他动不动嘴角就不知不觉地浮现出先前提到的那种奇怪的微笑。

“为什么我要故意让妻子看这个稿子呢？”这种心理就连佐佐木自己也说不清楚。如果她偷偷地读完了稿子，偶然间发现这并不是在写一部简单的“戏剧”，那结局会怎么样？或许她会过于害怕和绝望，不等佐佐木动手就自杀了吧。或者即使不自杀，也会憎恨丈夫残忍狂暴的人格，自己逃出家门吧。如果是那样，佐佐木反而觉得幸运。戏剧终究只是一部“戏剧”，但是它能收到一种与将其运用于实际生活同等的效果。——佐佐木故意将剧本放在妻子面前，或许多少都带着那样的目的吧！但是，另一方面，他把和她性命相关的计划，从容地放在她本人面前，还加入了彻底嘲笑她愚笨和无知的讽刺性的恶作剧。

玉子做梦也不会想到丈夫的这个计划，她并没有想看那个与自己性命息息相关的、正在一步一步被描写的酝酿着阴谋的稿子。不用说，她对最近丈夫突然呈现的良好态度感到惊讶的同时，也感到很高兴吧？对长期饥渴的人而言，就算只是一瓢水，也一定会感激再生之恩的。至今习惯了被虐待的她，就算只是偶尔从丈夫那儿听到一句温暖的话语，眷念之情和喜悦之情都会涌上心头，眼泪都会止不住地流下来。就算不了解丈夫的心事，就算他还和襟子保持着关系，但只要表面上对她还算温柔，她已经很感激了，这样就可以让她忘记丈夫其他的事了。感激之情充满了她的心里，还哪有空去偷看丈夫的稿子呢？

佐佐木一方面想尽情地嘲弄她，一方面不满足于这一点，一步步地推进着他的犯罪计划，准备将她作为自己行凶的牺牲品。正好到了那年岁末，剧本的稿子也完成了一半左右。

（春子）已经没有再歇斯底里了啊。搬到山里后，已经完全好了呢。

（井上）是吗？那就太好了。精神方面的疾病就是要到山里呼吸新鲜空气来疗养。我的神经衰弱也好像全都好了。不知不觉来这儿也快三周了，也该回东京了啊。

（春子）可是，如果可以的话，我还想在这待一段时间呢。

（井上）为什么？你这么喜欢这孤寂的山里吗？

（春子）嗯，这里虽然孤寂，但比在东京踏实啊，因为东京有照子。

（井上）（强忍住不高兴，故意装出快活的神情）哈哈，照子啊。你要吃醋的话可能又会歇斯底里了哦。

（春子）（一点儿也不怀疑丈夫故意装出来的快活神情）才没有吃醋呢。刚才只是开了个小玩笑。你如果喜欢照子，怎么疼她都没关系呀。但是同时也请爱我。你不知道这段时间你对我的温柔令我有多开心吗？唉，老公，请永远这样对我吧。（说话间，变得有些伤感）

（井上）（想掩饰却掩饰不了的忧郁的眼神）

（春子）唉，老公，在想什么呢？

（井上）什么也没想。……

（春子）我说的话让你不高兴了？

（井上）哎呀，没有那回事。

（春子）是吗？那就好。……

（井上）（和春子四目相对，赶忙慌张地把头转向一边。两人暂时沉默）

（春子）（不由地心中不安，一边环顾日落时分的景色，一边用着急的语气）走吧，该走了，不由地冷起来了呢。

（井上）（看不出想站起来的意思）嗯，啊，再休息两三分钟再走吧！我太累了。

（春子）所以我们还是早点回客栈休息吧！回去晚了，路上天黑，掉进山谷可就惨了啊。

（井上）什么？离天黑还有一个小时的时间。客栈就在那边不远处，不用那么着急。毕竟在这样的山里，虽说是散步，但也没有别的地方可以去，从早到晚都只能看到雪，早都烦了。总之，我想在这两三天回东京。

（春子）嗯，回去吧！刚才我说的真的只是玩笑。就算你对我再温柔，我也不想一直待在这样的山里。我们明天就回东京。

（井上）但是明天还不能回。虽然是想早点回去，但是我还必须在这儿再呆两三天，因为有必须要做的事。

（春子）在这种地方有什么事？

（井上）（眼眶处浮现出奇怪的微笑）实际上，我有一部从去年年底开始写的剧本，我想来到山里的时候顺便在这儿把它写完，于是就把稿子带来了哦。在写完之前，我必须待在这儿。

（春子）啊，你要写稿子？我不知道这件事，所以每天都浪费你的时间，对不起啊！那今晚就马上开始吧！在你完成之前，我尽量不去打扰你。所以快点写完回东京吧！

（井上）什么？你说写完吗？只剩一点儿了。去年年底开始写，上个月月底已经完成了，只剩两三行要稍微补充一下啦。只要补好了就行了哦。

（春子）那两三天就够了吗？

（井上）啊，顺利的话可能用不了两三天。这次的剧本，我原先打算花相当多的精力。要是以往这会儿就到了我马马虎虎完稿的时候，唯有这一次的是我一生的杰作，所以不能随便写写。从十二月开始，一月、二月，这样花了三个月左右的时间。

（春子）这么一说，去年年底，你就在频繁地写东西啊。那个稿子就是这个吗？

（井上）嗯……你看了吗？

（春子）没有，我从来没有读过你正在写的稿子。但是，因为是放在桌子上的，所以我只是知道题目。是叫作《善与恶》的独幕剧吗？

（井上）嗯，就是那个剧本。那你只知道那个题目？内容一页也没看吗？

（春子）嗯。

（井上）那个剧本，是以这赤城山为舞台，登场人物正好是像我们一样的夫妻哦。

（春子）啊，好像是的。虽然我没有看里面的内容，但我知道的。题目旁边写着。

（井上）那个剧本大概讲的是这样一个故事。有一个年轻的文学家，因为在外面有了别的喜欢的女人，就想和家中的妻子分开。但是，他妻子性格温柔，非常可怜，他不能离婚。因为不能离婚所以更加讨厌她。于是，最后他决心杀掉妻子。……

（春子）（什么都没注意到的样子，极其漫不经心地）但是，很奇怪啊！离婚可怜的话，杀了就更可怜呀。

（井上）那种心情你是不会明白的，男人的心可不是那么单纯的。——于是他终于下定决心要杀死妻子，幸好妻子歇斯底里发作，就以养病为由带妻子去了赤城山。二月最冷的时候，正好是现在。（一边说着，一边瞅一眼妻子。但她是个老好人，在她眼里，还没有出现任何反应）地点也和这里一样，在紧靠深谷的山路上。一天傍晚丈夫带妻子去某个地方散步，他委婉地向妻子说明原委，后来趁其不备，忽然从绝壁上把她推进深谷，杀死了她。大致就是这样一个梗概。（说完之后再回头看了一下春子）

（春子）（这时，渐渐地露出微微不安的神情。但是，马上又恢复到单纯的样子）真是令人毛骨悚然的故事啊！

这个剧本要登到哪个杂志上？不久就会在哪里被演成话剧吧？

（井上）先不说那些，我问你，听了刚才的话，你有没有觉得害怕啊？

（春子）嗯，令人毛骨悚然的故事！

（井上）不，不是说故事。是问你有没有什么觉得害怕的？——写剧本的人就是现在站在这里的我。而且，你也像那个剧本中的妻子一样，被歇斯底里所困扰，被带到了赤城山。你和我现在完全就像剧本中的夫妻一样，在同样的时间处在同样的地点。（像是半开玩笑地吓唬人，又像半认真地用暧昧的语气说）——这样想想，你也不害怕吗？

（春子）（大吃一惊，一种莫名的战栗突然袭来，扭扭捏捏了一下子后，突然想起了什么，瞬间又恢复了精神）你太讨厌了哦，讲那种事来吓我？你神色再怎么认真也吓不倒我哦。我已经不再歇斯底里了。

（井上）啊哈哈哈，但还是有点怕吧？

（春子）不，一点儿也不怕。如果你像去年那样老虐待我，我还像那时一样是个忧郁的爱哭的女人的话，可能会觉得怕，但现在已经没关系了。现在的我，并不是那个喜欢胡乱猜忌人的、不幸福的女人。

（井上）但是，你还是和剧本中的妻子一样，是一个过分老实之人，如果被丈夫骗了怎么办？我这段时间对你好，或许实际上是想骗你，把你带到这座山里来。喂，或许不是那样。至少没有证据证明不是那样啊。

（春子）但是，如果我那样怀疑你的话，那世间就没有什么是值得信赖的了。即便没有证据，但是，我相信你。所以无论你说什么来吓唬我，我一点儿都不会害怕。

（井上）嗯？你就那么相信我？

（春子）嗯，相信啊。因为那种无聊的事怀疑你，实在抱歉。

（井上）但是因为你没有看剧本，所以才不怕的。倘若你看了那个剧本，你可能绝不会来赤城山哦。

（春子）怎么可能？如果你要去，不管多恐怖、多偏僻的地方，我都会跟你一起去。

（井上）是啊，一定是的。那么，我就在这儿给你读读剧本吧。正好在口袋里装着。（从外套里面的口袋里掏出订得厚厚的稿子，放在膝盖上打开）

（春子）唉，别再开那种玩笑了，快回去吧！两三分钟早到了。

（井上）你看你看，还是有点怕吧？

（春子）骗你的，并没有害怕。但是天一黑我们会很麻烦的，回去吧。如果你那么想让我听的话，回到客栈再给我读啊。

（井上）不，在客栈读就没意思了。还是必须要在和这个剧本相同的时间、相同的地点读才能感觉到它的凄凉。天还没黑，不用担心，我从开头稍微给你读一点儿，听听吧。

（春子）（一度站起来了，但再一次很难受地坐下，窥视着稿子的方向）那么我听，你读吧。不能吓我哦。

（井上）听好了啊！题目是《善与恶》，是个独幕剧。时间是现代，冬季二月左右的一天傍晚。地点是上州赤城山中。

（春子）（有些傲气地）嗯，这个我已经知道了啊。

（井上）出场人物只有夫妻二人。男的是青年文学家井上，女的是井上的妻子春子……

（春子）（微笑着）哎呀，你太讨厌了，连名字也用了我们的？

（井上）唉，先这么定吧，后面是舞台提示。听好了，舞台场景是晴朗的冬日黄昏山里的光景，一边是悬崖，一边是深谷，有一条连起它们的路。到处都积满了雪，人迹罕至。接下来井上和春子散步出场。井上，年龄二十七八岁，穿着护肩斗篷，戴猎帽，围巾裹着他鼻子以下的脸。春子二十一二岁，但脸圆圆的，很可爱，看上去只有十八九。

穿着斜纹哔叽外套，扎着头发。……

（春子）（一边听着，一边打量井上和自己的衣服）哎呀，你太讨厌了，什么都一样呀。

（井上）再听一会儿，还有很多一样的地方。听好了，下面是井上的台词。（大声读）“啊，一边看雪一边好好活动了一下身体。走得太多，我都出汗了。喂！在这边稍微休息一下再走吧！”（然后就是朗读中夹杂着解释）这时，井上卸下围巾，坐在朝向深谷的路边。正好就是我现在待的位置。然后下面就是春子，你的台词。

（春子）讨厌，老公。我都说了我不是这里面的春子。

（井上）但是很奇怪，这里面的春子也和你说了同样的话哦。

（春子）说了什么？

（井上）“天马上就要黑了，快点回去吧”，“我比你脚力好，所以一点儿也不累”，你不是刚才也说了吗？

（春子）（慢慢地产生了好奇心并被吸引了）真的这么写着？

（井上）真的呀，你看，看这儿。（给她看稿子）看，是不是写着的？

（春子）哎呀，真的呀！这个地方，一定是以我为原型写的吧？如果不是的话，不可能如此相同。

（井上）是啊，这剧本一直到最后都是以你为原型的。

（春子）真的吗？

（井上）真的吧。所以可能你也会被推入深谷。

（春子）（忽然觉得毛骨悚然，脸色苍白）老公，够了。求你了，别再读了。我总觉得很害怕。

（井上）你看，你还是不相信我吧？

（春子）我并不是不相信你，但是如果拿这种事吓人的话，谁都会怕的呀。

（井上）哎呀，再稍微、稍微听一点儿。

（春子）不，不要，求求你放过我吧！我会再次歇斯底里的。

以上这些，佐佐木用整个十二月写完了。在写的过程中，他渐渐发现自己不太能分清戏剧和实际的界限了，他警觉到自己把稿子暴露在妻子眼前是多么危险。但同时，相比以“艺术”作为目的，将“实际”作为目的写成的这个戏剧，偶然受到“实际”的刺激，作为“艺术”也是一部优秀的作品。但是因为某种讽刺的事实，所以不得不遗憾地把这个剧本就这样一直埋藏在箱底。有关他如何处置此稿的想法，在他写作过程中动摇了好几次。起初，他打算以戏剧为假象，写一个详细的计划书，但中途受虚荣心的驱使想要把稿子发表在杂志上，所以不顾危险，最后，他惊讶地发现危险程度正在不断加大，意识到必须要保密。于是，到了正月，为了尽量不让玉子看到，他便一天写半页或一页，抽空写。

（春子）不，不要，求求你放过我吧！我会再次歇斯底里的。

（井上）啊哈哈哈，好笨啊你，不要那么怕！创作者把老婆、朋友作为原型写进作品并不是什么稀罕事。原型是原型，剧本是剧本嘛。

（春子）我知道，但是刚刚被你那么一吓，总觉得毛骨悚然。

（井上）下面我绝不吓你了，再往后听一点吧！哎呀，就一点儿。因为是以你为原型的，所以必须要请本人听一下。如果是你，有这样的丈夫，被他这样说时，你会有什么反应？如果我的想象错了的话，还要请你帮忙修改。真的只有一点儿了。

（春子）（渐渐地又放心了）如果是我，当然不可能被他杀掉，在被他杀害以前，要赶快逃走。

（井上）但是你并没有逃走，而是待在这里呀。

（春子）哎呀，又说这些来吓我。讨厌！

（井上）啊哈哈，不会再吓你了，放心。——那么，接着刚才的讲，那个男的正好在这样的悬崖边坐着，说“虽然我想回东京，但还想趁着在山里把稿子写完”。和我一样从外套口袋里掏出稿子给妻子看。

（春子）哎，真是相当复杂啊！剧本里还出现剧本！

（井上）对，而且剧本里也有井上和春子这样的夫妻。

（春子）哎呀！讨厌！

（井上）那就是说，那个男的借着读自己写的剧本，委婉地向妻子道明了原委，婉转地向妻子解释了自己必须要杀掉妻子的原因。

（春子）你说什么？

（井上）那个男人的台词在这里：“唉，春子，或许我就像这剧本中的男人，想把你带到这么一个偏僻的地方杀掉。这样你也不怕吗？”于是春子说：“不，我相信你，所以一点也不怕。”——哎呀，这里和我们聊天的内容一样，所以把这一大部分跳过去看后面吧。（把稿子翻了五六张，翻到了倒数第十页左右）那，从这儿开始看后面的吧。从这儿到最后有十页左右，这十页读完后，就有妻子被杀的情节。听好了，这是男人的台词：“虽然你一直相信我，但我可能并不是像你相信的那样的好人。我现在坦白对你说吧，我写这个剧本的动机，或许是碰巧我也想像这里面的主人公一样杀掉你吧。……”

（春子）把这些吓人的地方跳过去吧！喂，老公，老公你今天是怎么了啊？

（井上）不行，这里是关键，不能跳过去——那么，继续刚才的台词："……我确实有一个叫照子的情人。我已经不能忍受只把她当作情人了。只要没有你，我就可以和照子结婚。"

（春子）（哭了出来）老公，老公，你真的那样想吗？你无论如何都想和照子结婚？

（井上）不，我没有说。这是剧本中的男人说的。然后女人哭着这样说："那你也太过分了！对于照子的事，我一点儿都没有吃醋。即使如此，你还是觉得我是障碍的话，这也太过分了吧。如果你对我能有对照子的一半好，我也就满足了。如果你能让我只做你名义上的妻子的话，那我也很满足了。但是，就连这名义都要收回，不是很残酷吗？请稍微想想，我有多可怜！"

（春子）（被吸引，眼泪汪汪）确实是啊，如果你对我说了那样过分的话，我也一定会那样说的。

（井上）（不管春子，继续念）这是男人的台词："我觉得那样也太可怜了。但是，如果我不能把爱慕的女子娶作妻子，那我不是很可怜？"

（春子）但是这个理由也太自私了吧！这个难道不是

那个男人任性才发生的吗？他为了坚持自己的任性自私，就不管女的了吗？

（井上）嗯，剧本中的女的也说了和你一样的话。对此，男的这样说："确实是我的任性所致。但是现在，假如你也可怜，我也可怜，那该帮谁好？我也有欲望，你也有欲望。但是，我的欲望和你的相比，要积极得多。你只需要做我名义上的妻子便可以满足，但我必须要把自己爱的人迎娶过来，使其成为自己的妻子。正因为如此，所以如果我实现不了自己的愿望的话，我就要忍受比你更多的痛苦。你和我相比，是一个愚笨、兴趣和知识面都很窄的女人。对你这样的女人而言，除了死别的都不会痛苦，但是对我而言，有比死更痛苦的事。所以，试着公平地考虑一下，比起帮你摆脱痛苦，帮我摆脱痛苦就是行善。这么说虽然听上去很无情，但是我觉得这样最妥当。"

（春子）（潸然泪下）那么，你是说像我这样愚笨的人，因为愚笨，所以即便怎么受苦也都无所谓？这样不就成了世人所说的柿子捡软的捏吗？为什么男人能说出这么任性的话？

（井上）（渐渐地露出残忍、如冰一般冷酷的表情）"春子，我求你了。请你死吧！我实在不能和你白头到老了。"这还是剧本中的台词哦。不是我说的哦。

（春子）（害怕地激动起来）但你不也是这样想的吗？我懂了，你听好了，虽然我以前决定无论发生了什么事情，我都不会离开你，但是你都说到这种份上了，我也要彻底放弃了。喂！请休了我吧。

（井上）“我休了你，你不是无处可去吗？如果你无论何时都想做我妻子的话，那么干脆死了算了。”

（春子）不，我讨厌死。我已经不想做你的妻子了。你的心简直就像魔鬼一般。就算离婚都不行，还必须让我死，为什么你能说出这么残忍的话？虽然我是一个愚笨的女人，但我原本也打算坚守妻子的本分。并没有做过什么让你憎恨之事呀。

（井上）（依旧读着稿子）“作为妻子，你没有缺点，因此更想求你去死。如果你有什么过错，那我把你休了也心安理得。但是很不幸，你没有任何过错。不仅如此，如果你被我赶出家门的话，连个可以去的地方也没有，以后都无法生活。而我会因为休了你而痛苦一生。说得更直接坦率一点，因为休了你这样愚笨、一无是处的女人，我必须要承受比你更大的痛苦。那样的话，我就亏大了。……”

（春子）你只想着自己的痛苦，你把别人的痛苦当什么？

（井上）“……并不是没有考虑你的痛苦。你无法想象，休了你，我要承受怎样的痛苦。我决不会因为休了你就能开心。我比你感情复杂、神经敏锐，正因为如此，我的痛苦也比你的痛苦大得多。”

（春子）那你明白被休掉的女人的痛苦吗？

（井上）（不知何时，好像是在背剧本台词，又好像是在用自己的话，口气好像已经变得两者皆可）这一点，我很了解。虽然你不了解我，但我很了解你。正是因为了解，所以才会比较……总之，就算离婚了你也还在什么地方生活，但你算不上性子温柔的好人，所以我的痛苦不能完全去除。

（春子）为什么死了就能去除？

（井上）不，就算你死了也不能完全去除。如果一开始你就没有来到这个世上该多好。这是我最希望的事。对我而言，你就是那样的障碍。但是，如果这是无论如何也不能期待的事的话，那么还是让你死了最好。虽然那样还不称心，但也只能忍了。

（春子）那么就算我死了，你也不会很快乐吧？

（井上）嗯，坦白说确实是这样。但是，如果你不死的话，我会比死还痛苦。要论你的命和我的命哪一条比较值钱，即便不是站在我的立场来考虑，也是我的命更值钱。你是一个没有任何价值、也没有觉悟的平凡女人。而我再怎么说也是一个有才能的艺术家。如果说要牺牲哪一个人的性命才可以解决的话，让你牺牲生命才是合理的顺序。这是理所当然的命运。听上去虽然很无情，但我绝不说没道理的事。从道理上来讲，即使我亲自动手把你杀了，也没什么关系。只是我没有胆量，一直无法实行。……

（春子）（表情渐渐地由悲伤转为害怕）即便如此，如果我要说我不想死，怎么办?

（井上）哎，所以我才求你的。我没有亲自杀掉你的勇气。所以无论如何也请你帮帮我，靠自己的意志乖乖地去死吧！一下子跳下山谷吧！我知道你是一个老实的女人。所以只要我想骗你，我想把你引入更残忍的陷阱的话，是有很多其他方法的。但是我没有那样做，我什么都向你坦白了，所以拜托了。我这样尽可能地表示了对你的善意，给了你能够给予的所有慈悲。在这一点上，我想你可能还要感谢我。虽然你在这个世上生活过，但归根结底没有什么幸福的事。你说，是不是？如果你能明白我的心就去死吧。（这时，他手里稿子的最后一页就要完了）

（春子）（害怕之极，颤抖着身子几乎快倒下了）啊，不，不，我说什么也不想死！求你了，放过我，求你放过我！

（井上）（把手里的稿子折起来，又装进口袋）啊哈哈，终究还是吓到你了啊。唉，唉，你怕什么？刚才的不都是这个稿子中的事吗？剧本已经完成了。这里就是妻子跌入深谷的一幕。但是，我不会像剧本里一样把你推入深谷的，所以不用那么害怕。吓到你了是我不好，请原谅。真心地向你道歉哦。哎呀，高兴点儿。趁着天还没有黑快点回去吧！好吗？回去吧！（安慰似的，把手放在她肩上，想扶她站起来）

（春子）（依然吓得直打哆嗦，紧紧抓住井上的手，踉跄地站起身来。井上突然重重地把她的腰推开。春子被他一推，脚从悬崖边一滑，惊叫着跌入峡谷，就在那一刹那，她双手抓住了绝壁上突出的岩石一角，全身都吊在半空中，拼命地大叫着）求你了，救救我！救命啊！你果然是认真的啊！原本就打算要害我的啊。我不要死，不要！就算是我，也想活在世上！就算被你休了，我还有快乐。老公，求你救救我！

（井上）（脸上露出凄惨的微笑，从上面俯看她）不，求你死了吧。我必须要和照子结婚。所以就算这样我也不会救你。你快点松手，一下子掉进深谷吧！（从路边捡来石块，使劲地砸着死死抓着岩石一角的妻子的双手）

（春子）不要啊，不要啊。我不要死！你想砸就尽管砸吧。我到死都不会放手的。啊！（终于不堪忍受而松手坠入了深谷）

（井上）啊，终于还是骗了她。这个笨女人！（他站在她刚刚紧紧抓住的那块岩石上，想看看谷底，忽然感到一阵眩晕，战栗着往后退了两三步，失魂落魄地一屁股坐到了地上）

静静地落下了帷幕。

以上内容就是我所谓的“被诅咒的剧本”的全部内容。

既然引用了这个剧本，那么就没有必要再对佐佐木杀玉子的过程进行详细描写了。为什么这么说呢，根据他后来对襟子的坦白，他在赤城山所犯的罪行，几乎是按照和这个剧本同样的顺序、同样的形式进行的。

去年夏天，佐佐木竟然大胆地将此剧本搬上了舞台，作为艺术家，这恐怕是受了功名心的驱使吧。当时的剧本和这里列出来的原文记载的不同之处，只是将赤城山改成了箱根山而已。他作为舞台导演，指导了演员的排练。尽管这是一部很难演的戏，但是博得了好评，这几乎都是他导演的功劳。在排练中，他给演员提出演出上的注意事项，以他可怕的切身经历给予指导，才得以让这部凄惨可怕的戏剧发挥了极致的效果吧。

于是，他的功名心如愿以偿地得到了满足。因为这部戏，不仅他作为艺术家的价值为人们所认可，就连作为舞台导演的本事，也被行家给予了很高的评价。

（一九一九年四月作）

途　中

东京T·M公司职员、法学士汤河胜太郎，在年关将至的十二月的一个傍晚，五点左右，从金杉桥的电车大街往新桥方向溜达。

“您好，打扰一下，请问您是汤河先生吗？”在他已经过了一半桥时，突然听到后面有人喊自己。

汤河转头发现，后面一位素不相识却风采照人的绅士，正一边恭敬地摘下礼帽，一边向他走来。

“是的，我是汤河……”汤河有点儿像老实人慌张那模样，不停地眨巴着他的小眼睛，就像是见到他们公司的重要人物一样，惴惴不安地回答着。为什么他会如此惊慌？因为那位绅士实在像极了公司的重要人物，身上散发出一种光明磊落的气质。所以，汤河第一眼看到他的瞬间，就立即把已经到了嗓子眼儿的“这个在大街上冒失搭讪、没礼貌的家伙”这样的话收了回去，不自觉地露出领工资时的姿态。这位绅士穿着毛领的、西班牙犬毛一样黑亮的绸缎外套（他推定绅士外套下面大概穿着男子昼礼服）和白色的裤子，拄着镶有象牙的拐杖，肤色白皙，大约四十岁左右，胖胖的。

“呀，我知道在这种地方突然叫住您，很不礼貌。那么，我先来介绍一下自己吧。实际上，我认识您的朋友渡边法学士——我请他写了介绍信，而且刚刚我去你们公司问了才跟过来的。”绅士说着递过来两张名片。汤河接过名片，在街灯下看了一下。一张确实是他朋友渡边的名片。名片上面有渡边亲笔写的话可以证明，名片上写着：“为你介绍我的朋友安藤一郎先生，他是我老乡，多年来我们一直交好，听说他想对你们公司的一位员工进行身份调查，所以烦请见面后给予安排。”而另外一张名片上则写着“私家侦探安藤一郎事务所，日本桥区蛎壳町三丁目四番地，电话浪花五零一零号”。

“那么，您就是安藤先生吧？”汤河站着，再一次打量着绅士。“私家侦探”，在日本还是比较稀罕的职业，虽然知道在东京也有五六家，但是今天还是第一次真正见到。即便如此，他认为，日本的私家侦探好像比西方的更风采照人。因为汤河以前喜欢电影，所以常常在电影里看到关于西方的东西。

“是的，我是安藤。那么，关于那张名片上写的事，听说您刚好在公司人事科，因此，才到你们公司希望能见个面。您觉得如何？我想您一定很忙，但能不能麻烦您抽空安排一下？”那位绅士用他职业性的、有力的声音干脆地说着。

“什么？我已经不忙了，随时都可以。”汤河听说是侦探后，将礼貌的“我”换成了一般的“我”，“只要是我知道的，都会配合您回答的，但是，那件事情很急吗？如果不急的话，明天怎么样？今天并不是不可以，但是在路上说话有些奇怪吧？”

“呀，您说的是，可是明天公司休息吧？而且事情也没有着急到非要到您家里登门拜访的那种程度，所以可能会有些麻烦您吧，我们一边散步一边聊聊吧。而且，您不是一直都很喜欢这样散步吗？哈哈哈哈……”那位绅士说着笑了起来。那是政治家那种装腔作势的男人经常使用的豪爽的笑。

汤河显然觉得很为难。他之所以觉得为难，是因为他的口袋里悄悄揣着刚从公司领来的工资和年终奖。这些钱，对他而言，是一笔不小的数字。所以他暗自窃喜，觉得自己今晚很幸福。他打算接下来去银座这些地方，去买妻子以前就一直嚷着要买的手套和披肩，买一条和那张追求时髦的脸相配的毛披肩，然后早点回家，让她高兴。他正那样一边打算一边走着。谁知却在此时，被一个素不相识的安藤给打扰了。他的美好设想被打破了，他觉得自己的幸福感也被人打扰了。即便那些都无所谓，但这个人竟然知道自己喜欢散步，还从公司追过来。就算他是侦探，也是个令人厌烦的家伙。为什么这个男的会认识自己？汤河想到这些，瞬间就不高兴了。况且，他当时还正饿着肚子。

“怎么样？我不会耽搁您太久，能不能稍微聊聊？我就是想了解你们公司一个人的身份，在路上比去公司更合适。”

“是吗？那就一起走吧！”

汤河没办法，只好和这位绅士一起又走向了新桥。因为他也觉得绅士说得有道理。而且，如果明天他拿着名片到家里来找也很麻烦。一起走着，这位绅士——侦探立即从口袋里掏出香烟抽了起来。但是一条街都过去了，他还是那样只顾着抽烟。不用说，汤河开始觉得不安起来，他觉得自己被耍了。

“那么，您来问我那件事吧！说是我们员工的身份，那到底是谁呢？只要是我知道的，我都会毫无保留地告诉您。可是……”

“我觉得您当然是知道的吧。”这位绅士继续沉默了两三分钟，依旧抽着烟。

“大致情况是不是这样，有个男的要结婚了，所以要调查一下他的情况。”

“诶？确实是。正如您所猜的那样。”

“因为我在人事科，所以经常有为此事来找我的。那么那个男的到底是谁？”汤河至少开始对此事感兴趣了，他充满好奇地说着。

“呀，要说是谁的话还真不好说呢。其实，那个人就是您。我是受人之托来调查您身份的。我想着问别人还不如直接问您来得快，于是就跑来问您了。”

“我？但是——您或许不知道吧？我已经结婚了。所以您是不是搞错了？”

“呀，并没有搞错。我也知道您有妻子，但你们还没有办法律上的结婚手续吧？所以，您想在近期内，尽快完成那个手续，是事实吧？”

“啊？是吗？我知道了，所以您是我妻子的娘家人找来查我的吧。”

“要说是受谁之托的话，出于我的职业道德，我无法告诉您。可能您大概也猜得到吧？不过无论如何还请原谅。”

“没关系，对于这样的事，我一点儿都不会生气。如果是我的事，就赶紧问吧。与其间接调查还不如问我本人让我心里舒服些。说来，我还要感谢您采用这样的形式呢。”

“呀，您说感谢倒让我不安了。一般对于结婚对象的调查，我都会采用这样的形式（绅士也开始换成了一般的“我”）。对方有相当好的人品，也有一定地位时，实际上，面对面直接谈话才不会搞错。而且，有些事必须得向本人了解才能清楚。”

“是啊，说的是。”汤河愉快地表示赞同。他不知何时又高兴起来了。

“不仅如此，我对您的结婚问题非常同情。”绅士不时地看着汤河开心的表情，一边笑着继续说，“您要想把您妻子的户口转入您名下的话，就必须尽早和您妻子的娘家人和解。如果你不那样做的话，就必须要等到您妻子满二十五岁，还要再等三四年呢。但是，如果要和解的话，必须要由您亲自去让对方理解，而不是您妻子。这一点至关重要。而在这方面，我也会尽力帮您的，但是您也要为此毫无隐瞒地回答我的问题。”

“嗯，我知道。所以您尽管问——”

“那么就开始了——听说您和渡边以前是同学，大学毕业好像是大正二年？首先，就从这件事开始了解吧！”

“是的，大正二年毕业的。毕业后我就进入现在这家T·M 公司了。”

“对，毕业后立即进入现在的 T·M 公司。——这些我知道，您和之前的妻子结婚是什么时候？好像是和进公司同时吧？”

“是的，进公司是在九月，十月就结婚了。”

“大正二年十月的话——（绅士一边说着一边伸出右手算了算）你们同居刚刚满五年半吧。您的前妻因伤寒去世应该是在大正八年四月吧？”

汤河回答“是的”，但他觉得不可思议，心里想着：这个男的一边说不想间接调查自己，却又在查之前的种种事情。于是，汤河再次不高兴起来。

“听说您很爱前妻呀。”

“是的，我很爱她。——但是，并不是因为爱她，才会像爱她一样爱现在的妻子的。她刚去世时，自然会有所留恋。但好在那些留恋的伤痛并不是很难治愈，是现在的妻子帮我治愈的。所以，在这一点上，我是必须要和久满子结婚的——久满子，是我现在的妻子的名字。相信你早就知道了吧？”

“那是当然。”绅士淡淡地搪塞了他认真的腔调，继续说，“我也知道您的前妻的名字，是叫笔子吧？——还有，笔子体弱多病，在因伤寒去世前，一度也知道了自己身患重病。”

“好厉害，不愧是做侦探的，什么都知道。如果您连这些都知道的话，好像就没必要再查了吧？”

“啊哈哈哈哈，您这样说，就实在不好意思了。毕竟我是靠这个吃饭的，所以请不要挖苦我。——那么，关于笔子的病身子，她在患上伤寒之前，有一次患上了副伤寒吧……之后，好像是大正六年秋天，十月左右，因为副伤寒相当严重，引起高烧不退，听说您非常担心。然后就是在次年，大正七年，正月里，感冒卧床五六天吧？”

“啊，是啊，好像有这回事。”

“在那之后，七月有一次，八月有两次，得了在夏天谁都会得的腹泻。在那三次腹泻中，有两次都不严重，据说还没有到必须要卧床休息的程度。而有一次稍微严重些，躺了一两天。后来，进入秋季，流行性感冒开始蔓延。笔子在那段时期得了两次感冒。也就是说，十月得了一次较轻的，第二次是在次年大正八年正月吧？听说那个时候还引起了肺炎，情况很危险。之后肺炎好不容易痊愈了，可不到两个月，就因为伤寒去世了。——是这样吧？我说得没错吧？”

汤河说完“对，没错”后，低下头开始思考起什么。——

两个人已经走过了新桥，正走在岁末的银座大街上。

“您前妻简直太可怜了。在去世之前的半年左右，不仅患了两次险些要命的大病，而且在那个期间还遭遇了吓人的危险。——那次窒息是什么时候？”

即便那样问着，汤河依旧沉默着，绅士独自低头继续说着：“那是在您妻子肺炎痊愈后两三天，下床活动时——是由病房的煤气炉引起的，当时正是很冷的时候，好像是二月末的时候吧。因为煤气开关松动，所以半夜您妻子差点窒息。但幸好没什么大事。因为那件事，您妻子下床活动的时间又往后推了两三天。——对对对，之后是不是还有这样的事？您妻子坐公共汽车从新桥去须田町，半路上公交车和电车相撞，差一点儿就没命了……”

“稍等，稍等一下，我从一开始的确对您的侦探眼力表示佩服，但是，您想方设法查那些以前的事到底有没有必要？”

“呀，并不是说有必要。但是，我好像有侦探癖，所以就顺便查了些多余的事，想让别人感到惊讶。我也知道这是个不好的习惯，但是停不下来呀。那么，现在我们直接进入主题，请稍微耐心地听一下。——那时候，您妻子，因为撞碎的汽车玻璃导致额头受伤。”

“是的，但笔子是一个对伤口不在乎的女子，所以她并没有受到惊吓。另外，说是受伤，其实只不过是一点儿轻伤而已。”

“但是，我认为在那次撞车事故中，您多少是有些责任的。”

“为什么？”

“要问我为什么，您妻子之所以会坐公共汽车，就是因为您跟她说了不要坐电车，坐汽车，是吧？”

“或许您说得对吧，但是对于那些琐事，我记不清楚了。我想确实像您说的那样，对，对，好像就是那样吧。可以这么说，毕竟笔子得过两次流感才终于痊愈。而报纸上说坐电车很容易感染到流感，所以我考虑坐公共汽车比坐电车危险要少。而且，绝对没有说不能坐电车。刚才您的话未免有些牵强吧？谁也没想到笔子坐的汽车会发生撞车事故那么倒霉呀。所以不应该说我有责任。就算是笔子，她自己也想不到会发生那种事吧。她还一直都在感谢我的忠告。”

“当然了，笔子一般都会感谢您的贴心。直到死之前她还是一直在感谢您的。但是，我还是认为，在那次撞车事故上您有责任。您刚才说您是为妻子的病情考虑的是吧？那一定是那样，没错。可我仍旧认为您有责任。”

“为什么？”

"不明白的话我来给您分析一下。——好像您刚才说您没想到那辆车会发生撞车事故。但是，您妻子坐汽车也不是就那一天。那时候，您妻子大病初愈，还需要看医生，她每隔一天都要从芝口的家里去万世桥的医院。这大约要一个月左右，从一开始您就应该清楚。结果那段时间还总是坐汽车。撞车事故就发生在那段时间。我说得没错吧？此外，还有一点必须要注意的是，那时候公共汽车才刚刚开始运营，撞车事故屡屡发生。稍微有些神经质的人都会担心会不会发生撞车的。可能这么说有些不礼貌吧，您，就是个神经质的人。——在您让您最爱的妻子那样频繁地坐公共汽车这件事上，至少这种大意不太像您啊。每隔一天都要去医院，那么在一个月的往返间就会有三十次遭遇撞车的危险。"

"啊哈哈哈哈，能注意到这些，那证明您的神经质丝毫不逊于我啊！的确，您这么一说，我倒是慢慢想起那个时候的事了。我并不是完全没有注意到您说的那些。我是这样考虑的：公共汽车发生撞车事故的危险和在电车上被感染感冒病毒的危险，哪一种发生的可能性大？还有，假如两者发生的可能性一样大的话，哪一种对生命的威胁更大一些？考虑了这些问题，最后我认为公共汽车相对比较安全。为什么会这样想？刚才您已经说过了，一个月要往返三十次，那么如果坐电车的话，必须考虑到那三十辆电车中肯定有感冒病毒，因为那个时候正是流行性感冒的高发期，所以那样考虑是很合理的。如果电车上存在病毒，那么在电车上感染就不是偶然。相反，汽车事故才是偶然会发生的灾祸。当然了，每辆汽车都有发生事故的可能性，但从一开始，它就和存在明显危险的环境不同。下面，我要讲这样一件事情。笔子当时两次感染了流感，这就证明她的体质比一般人更容易患上流感。所以，如果坐电车的话，在众多乘客当中，她肯定是病毒选择的第一个对象。而坐汽车，乘客所面临的危险几率是一样多的。不仅如此，就危险程度而言，我是这样考虑的。如果她第三次再患上流感，必然会引起肺炎，那样就算是在现在也没救了吧？我当时听说患过肺炎的人很容易再患上，况且她那时还没有从病后衰弱的状态中恢复过来。我的这种担心并不是杞人忧天。但是，汽车撞车导致的生命危险却是极不易发生的。如果不是运气太差的话，也不会受重伤，而且还几乎没有发生过因为受重伤而失去生命这种事。所以我认为自己的这种想法并没有错。您想想，笔子在往返三十次当中，虽然发生了一次撞车事故，但不也只是造成了擦伤而已吗？”

“的确，您说的这些听上去是有道理的。听上去好像是天衣无缝。但是，在您刚才没提到的部分中，实际上有着不能漏掉的重要信息。那就是刚才您所说的电车和汽车的危险可能性的问题。汽车比电车危险小，此外，即使有危险，其程度也较轻，同时，乘客所面临的危险一样多。这好像是您自己的想法吧？但我认为，至少，对您妻子而言，即使坐汽车，也和坐电车一样面临同样程度的危险。绝不应该说她和别的乘客面临危险的几率一样大。也就是说，当汽车发生撞车事故时，您妻子应该会比任何人都先受伤，而且恐怕比任何人受重伤的几率都大。这种事您不得不想到啊！”

“为什么这么说？我不太明白。”

“哈哈哈哈，不明白？好奇怪！——但是，你那个时候对笔子说过这样的话吧。您说坐公共汽车时尽量坐在最前面的位置，那里最安全——”

“是的，我说的安全是出于这样的考虑——”

“啊，等等，您所说的安全是这个意思吧？——即便在汽车里也不可避免地存在感冒病毒，所以，为了不呼吸到病毒，就需要尽量处在上风处，是这样的道理吧？所以说，即便坐公共汽车，没有电车上那么拥挤，也绝不能说没有病毒传染的可能性呀。您刚才好像忘了这个事实啊。另外，在刚才的理由上再加一条，公共汽车前面震动相对较少，因为您妻子病后还很虚弱，所以应该尽量不让身体受到震动。——基于这两个原因，所以您劝妻子坐在前面的位置。与其说是劝告，不如说是命令吧。因为妻子觉得您一直都很正直，所以对您的贴心并没有感到什么不妥，她一般都会把您的话牢记心上，都会遵从您的命令。所以，您的命令被顺利地执行了。”

“……”

“我说得对吗？您最初并没有把在汽车上感染感冒病毒的危险考虑进去。虽然您没有说，但您把它作为理由，让您妻子往公共汽车前面坐。——这，是一个矛盾。然后，还有一个矛盾，最初考虑进去的撞车危险，那时却被忽略了。往公共汽车最前面坐——如果撞车时，应该没有比这更危险的了吧？坐在车前面的人，往往是最不容易逃脱危险的。所以您想想看，那时受伤的难道不是只有您妻子一人吗？就算是那么小的冲撞，其他人都没事，而唯独您妻子擦伤了。如果那是再大一点的冲撞，那么其他人受了重伤，只有您妻子会被夺去生命。——冲撞这种事，不用您说也一定是偶然的。但是其偶然发生时，受伤对您妻子而言就不是偶然，而是必然了。”

此时两人已经走过京桥。然而无论是绅士还是汤河，都好像完全忘记了自己现在走在哪里。一个认真地说着，一个默默地听着。他们就这样一直走着。

“所以，您把妻子放在某一种特定的偶然的危险中，而且，放在那个偶然范围内的必然危险中，于是，让您妻子进一步陷入危险。这和简单的偶然危险不同。所以，就不知道汽车有没有电车安全了。首先，那时您妻子第二次感冒刚刚好，所以认为她对那个病有免疫力是不妥当的吧？但要我说的话，对那时的您妻子而言，没有说有绝对会被感染的危险。即便她被选中，那也是被选择到安全的一边。患过一次肺炎容易再患上，这是就某一时期而言的。”

“但是，免疫力这回事我并不是不知道。但毕竟十月得过一次，正月又得了吧？所以，我觉得不要太指望免疫。”

“十月和正月之间还有两个月时间，但在那时，您妻子还没有完全康复，还一直在咳嗽。与其说是被别人传染，还不如说是她会传染给别人。”

“还有，刚才您说的撞车的危险，因为撞车本身已经是非常偶然的事情了，我们从其范围内的必然来看，并不是极少见的事吧？偶然中的必然和简单的必然仍旧意义不同啊。况且其必然，不是说只是必然地受伤，必然地失去生命呀。”

“但是，我们可以说，在一次偶然的严重撞车事故中，必然就会失去生命吧！”

“对，可以这么说吧。但是，做那样的逻辑推理游戏未免也太无聊了吧？”

“啊哈哈哈哈，这是逻辑推理游戏吗？因为我喜欢，所以，就不由地得意忘形而玩过头了。啊，不好意思。我们再重新回到主题——那么，在进入主题之前，我们把刚才的逻辑推理游戏先解决了吧！即便你笑我，但我实在是相当喜欢逻辑推理，而且在这方面，或许像侦探界前辈一样，大概都会对此感兴趣吧？于是，刚才的关于偶然和必然的研究，将那个人和某一个人的心理结合起来时，又出现了新的问题。你可能没有注意到吧？逻辑推理已经不再是简单的逻辑推理了。”

“唉，变得相当复杂了呀！”

“也没什么复杂的。某类人的心理，也就是犯罪心理。某个人想通过间接的手段，在任何人都不知情的情况下，将某人杀害。——如果‘杀害’这个词不合适的话，也是想置诸死地。于是，为了达到目的，他会让那个人尽量陷入多种危险情况中。在那种情况下，他为了不让别人发现自己的意图，也为了将对方在不知不觉中引入其设定的危险，所以他只能选择偶然的危险。但是，如果在其偶然当中，包含有稍微看不到的某些必然因素的话，就更容易达到目的了。那么，您让妻子坐公共汽车这件事，碰巧在其情况和表面上不一致吧？我把它叫作‘在表面上’，请不要生气。

当然，不能说您有那样的意图，但您应该很清楚那类人的心理吧？”

“出于您的职业习惯，所以您会那样奇怪地考虑问题吧？在表面上是否一致，只能任由您来判断。但是，如果一个人，在短短一个月时间里，仅靠让她坐三十次汽车就能让她失去生命的话，那这个人要么是白痴，要么是疯子吧？没有人会借助那么不可靠的偶然因素去杀人吧？”

“对，如果仅凭让她坐三十次汽车的话，可以说其偶然命中的机会是很少的。但是，如果从各个方面找出各种危险，那么很多偶然性就一起聚集到那个人身上——也就是说，命中率倍增。无数的偶然性的危险因素聚集起来，形成一个焦点，再将那个人引入其中。在这种情况下，那个人所面临的危险已经不再是偶然，而是必然了。”

“您的意思是？比如说会怎么样？”

“比如说，有个男的想杀掉他妻子——想置她于死地。而他妻子天生心脏不好——在这个心脏不好的事实当中，就已经包含了偶然的危险种子。那么，为了让其危险系数增大，他不断地创造让她心脏不好的条件。比如说，这个男的劝他妻子喝酒，想让她养成喝酒的习惯。刚开始，他让妻子睡前每次喝一杯葡萄酒，之后慢慢地增加到饭后必喝。这样一来，就让她尝到了酒精的味道。但是，她并不是一个好酒的女人，所以她没有像丈夫期望的那样继续喝下去。于是，丈夫又使用了第二个手段，劝她抽烟，并对她说：‘就算是女人也可以享受香烟的乐趣。’于是买来口感不错的进口香烟给她抽。而这个计划进展得很顺利，一个月左右，她就成功抽上了烟，而且想戒也戒不掉了。接着，丈夫又打听到，心脏不好的人是不能洗凉水澡的。于是他让妻子这么做。他认真地对妻子说：‘因为你的体质很差，很容易感冒，所以应该坚持每天早晨洗凉水澡。’妻子一直从内心信赖丈夫，所以她立即就照做了。然而她并不知道，因为这些，她的心脏更加不好了。还不能说丈夫仅凭这些就进展得很顺利。让她的心脏功能变得更差后，他又给她的心脏以打击。那就是尽可能让她患上持续高烧的疾病——让她陷入容易感染伤寒、肺炎这类疾病的危险之中。那个男人最初选择的是伤寒，为了达到目的，他不断地让妻子吃带有伤寒病菌的东西。他对妻子说：‘人家美国人吃饭时都喝生水，他们把生水作为最好的饮料来赞美。’让妻子喝生水，让她吃生鱼片。另外，他知道生牡蛎和凉粉里伤寒病菌较多，所以就让她吃这些。当然了，为了让妻子相信自己，他自己也必须一起那样做。但是丈夫以前得过伤寒，所以体内是有免疫力的。丈夫的这个计划虽然还没有完全达到预期的效果，但至少已经达成了七成。也就是说，虽然妻子还没有感染上伤寒，但也感染上了副伤寒。之后，她被高烧折磨了一周。但是，因为副伤寒而致人死亡的几率不过一成左右，很幸运，心脏不好的妻子得救了。丈夫趁着这七成成功的势头，其后仍然坚持让妻子吃生东西，所以妻子在夏天经常腹泻。丈夫在那段时间，小心地观察着事态的发展。但是妻子并没有那么容易就患上伤寒。后来没多久，一个丈夫求之不得的机会终于来了。那是从前年秋天开始到第二年冬天的一场恶性感冒的流行。丈夫在那段时间里，总是想方设法让她感冒。果然，刚刚进入十月，妻子就感冒了。——为什么会感冒呢？因为那个时候，她嗓子坏了。丈夫说为了预防感冒就得多漱口，而他特意准备了浓度较高的过氧化氢水，让她坚持漱口。因此，她得了咽喉炎。还不止这些，正好那时候他们亲戚家的一位姨母得了感冒，丈夫再三催她去探病。在她第五次探病回来后，就立即发烧了。但幸运的是那时也得救了。后来，到了正月，这一次更严重了，并最终引发了肺炎……”

侦探说着，做了件奇怪的事——他把手里的香烟灰通通地敲落了。他在汤河手边轻轻地戳了两三下——在他无言的动作中似乎有提醒他注意的意思。这时，恰好两人来到了日本桥跟前，但侦探在村井银行前面往右拐，走向了中央邮局方向。汤河自然也不得不跟着。

“这第二次感冒，仍旧是丈夫搞的鬼。”侦探继续说着，“那时，妻子娘家的孩子得了重感冒，住进了神田的S医院。当时，并没有人拜托丈夫，而丈夫却执意让妻子去照看那个孩子。那是因为这样——他说：‘这次的感冒很容易传染，不能让没感冒过的人照顾。而我太太前段时间刚刚感冒过，她对感冒是有免疫力的，所以让她照看孩子最合适不过了。’经他这么一说，妻子也觉得确实是。而就在她照看孩子的那段时间，她再次感冒了。之后她的肺炎也更加严重了，好几次都差点丧命。而正是这次的事，使得丈夫的计划达到了十二分的效果。而丈夫在她枕边向她道歉，说都是因为他考虑不周，所以才让她患上大病的。但妻子却一点儿也不恨丈夫，她自始至终都还一直感谢自己生平所拥有的幸福爱情，同时，渐渐地，她也静静地等着死神的到来。妻子这次差一点不行了，不过，她又好了起来。但丈夫可不想功亏一篑——应该可以这么说吧。于是，丈夫又开始捣鬼了。不能只靠病，还必须让她遭遇病痛之外的灾祸——他那样想着，首先利用了妻子病房里的煤气炉。那时，因为妻子身体刚刚好一些，已经不再需要有护士跟着了，但还必须和丈夫分开睡。于是，丈夫有一次偶然发现了这样的事——妻子晚上睡觉时，因为担心着火，所以都会把煤气炉关掉再睡觉。煤气炉的开关在病房区走廊的门边上，而妻子一般晚上都会上一次厕所，她必定要经过那门边。妻子会拖着长长的睡衣下摆走路，经过那儿时，那个下摆五次有三次都会碰到煤气开关。要是煤气开关稍稍松一点，下摆碰到它，它就会松开。病房是日式的，但建造得很坚实，一般不会有风从缝隙中进来——这也是个偶然的因素，然而就是这个偶然的发现，成了他制造危险的根源。丈夫发现，如果要想将这个偶然变成必然，只需要稍微动点手脚即可，那就是把煤气开关弄得再松一些。有一天，他趁着妻子午睡时，悄悄地往煤气开关里倒了些油，使它变得更滑了。他的这个小动作应该是在极其秘密的环境下进行的，但不幸的是，他并不知道他被人看见了——看见他的是在他家做事的女佣。这个女佣是妻子嫁过来时一起带来的，是一个很会替妻子着想、很机灵的女孩。该怎么办呢？……”

侦探和汤河从中央邮局前过了兜桥，又过了铠桥。两人不知何时已走在了水天宫前面的电车大街上。

“这次丈夫成功了七成，有三成失败。他本打算利用煤气让妻子窒息的，但是还没有酿成大祸，妻子就醒了，所以大晚上的就闹哄起来了。为什么煤气会泄漏，原因立即就弄明白了，是因为妻子的不小心。而接下来，丈夫选择的是公共汽车。就像之前说到的那样，妻子要坐汽车去医生那里，所以他没有忘记利用一切机会。而给他这个机会的正是医生，医生建议，为了帮助妻子病后恢复，需要采取转地疗养——让妻子去一个空气好的地方住一个月左右。因为医生这样建议，所以丈夫就对妻子说：‘因为你一直生病，所以与其转地疗养一两个月，还不如全家一起，搬到一个空气更好的地方吧！但是也不能搬得太远。我们就去大森那边怎么样？那边离大海近，而且我去公司也方便。’对于这个想法，妻子马上就同意了。我不清楚你知不知道，听说大森那边水质很差，而且，可能是因为那个原因，好像传染病不断——特别是伤寒。——也就是说，那个男的发现，在外界寻找机会并不方便，于是又转回从病上下手了。所以搬到大森后，他给妻子更多的生水、生东西。仍旧让妻子坚持洗冷水澡，支持她抽烟。之后，他开辟出了一个院子，种了很多植物，还挖了个池塘，蓄上了水，又说厕所位置不好，把厕所换到了朝着夕阳的地方。这其实是想让家里生蚊蝇。还有，只要他的朋友中有人患了伤寒，他就会说因为自己有免疫力而屡次去探病。偶尔也会让妻子去。这样一来，他本该耐心地等待结果，但这个策略比预期的效果明显多了，可以说这次十分奏效。搬家后不到一个月，他去看望一个患有伤寒的朋友，之后不久，不知道他又使用了什么样的手段，妻子成功患上了伤寒。而且，最终因此而去世。——怎么样？这在您看来，是不是只有表面完全一样呢？”

“嗯——只、只有表面——”

“啊哈哈哈，对，到现在为止只有表面是。您爱你前妻，总之在表面看来是爱她的，但同时，您已经在两三年前开始，背着您前妻，爱上了您现在的妻子。在表面看来是爱着。所以，如果在刚才的事实上再加上这个事实，那刚才的情况和您的吻合程度就不只是在表面上相似了吧？”

两个人正走在从水天宫的电车大街右转进去的窄胡同里。胡同左侧有一栋事务所模样的房子，门口挂着“私家侦探”的大字招牌。这是一栋镶着玻璃窗的房子，无论二楼还是一楼都被电灯照得亮堂堂的。走到房子前面，侦探哈哈大笑了起来。

“啊哈哈哈，我已经不行了。不能再骗您了。您是不是刚才一直在发抖？实际上，您前妻的父亲今晚在我家，他正等着您呢。唉——您不用这么紧张吧？请到家里坐一会儿。”

他突然拉起汤河的手，用肩使劲推开门，将汤河拽进了亮堂堂的家。汤河的脸被电灯照得苍白。他呆呆地，摇摇晃晃、踉踉跄跄地一屁股坐到了旁边的椅子上。

（一九一九年十二月作）

我

已经是几年前的事情了，当时我在东京第一高中的寄宿宿舍。

事情发生在一个晚上。那个时间，同寝室的人总是聚在寝室里点着蜡烛学习（实际上就是瞎扯）直至深夜，我们管这叫“蜡学”，这已经成为习惯，那天晚上电灯熄灭以后的很长一段时间，三四个人蹲坐在蜡烛的光影中继续聊天。

那个时候，为什么话题落在了那里呢，这一点并不清楚，我记得我们就当时跟我们极其相关的恋爱问题随心所欲地畅谈。然后，自然而然地变成了人类犯罪的话题，对于杀人、欺诈、盗窃等等，各自陈述各自的看法。

“在各种犯罪中我们最可能犯的是杀人罪吧。”说话的男生是某博士之子樋口，“不管发生什么事也不可能偷东西的哦。——不管怎么说，那是令人非常苦恼的事。把其他人当作朋友，一旦成了小偷，总觉得人种都不同了。”

樋口天生长得好，他的脸阴沉下来，挤出一个八字，好像很不愉快。那个表情显得他的人品更加好了。

“这样说来那个时候宿舍里屡屡发生偷盗事件，是真的啦？”这次是一个叫平田的男生说。平田这样说着，回头看另外一个叫作中村的男生：“对吧？你说呢？”

“为什么这么说？”我说。

“为什么？我也不清楚事情的详细经过——”中村压低声音，用害怕的口吻说，“由于偷盗事件屡屡发生，所以大家说应该不是这个宿舍以外的人干的！”

“不！不只是那样！”樋口说。

“的确是住宿的学生！有人看到了！——就在最近，听说是一个正午，待在北宿舍七号的一个男生突然有事回寝室，就在要进入寝室的那一刻，门突然从屋子里打开了，有个家伙出其不意啪地打了这个男生，然后慌慌张张地向楼道逃去。被打的男生马上就去追，可是下了楼梯以后就看不到了。后来他回到宿舍，发现行李、书柜乱糟糟。因此那个家伙一定是小偷！”

“那，那个男生看到小偷的脸了吗？”

“没有！冷不防地被一个巴掌打了一个趔趄，脸没看到，据说靠衣服以及其他外表的样子判断一定是住宿生。好像在逃过走廊的时候，是用外褂把头盖了个严严实实跑出去的，但是被打的男生还是看到了那件外褂的家徽图案，那是垂下的紫藤。”

“垂下的紫藤家徽？只有这一点线索，那就没有办法了。”平田这么说。或许是我想多了，但是我觉得平田窥视了一下我的脸色。而且，那个时候感觉我也不由得显出了难看的脸色。为什么会这样呢？因为我们家的家徽是垂下的紫藤，而且就算那晚我没有穿那件带有家徽的外褂，但是我曾经常常拿出来穿着出门的。

“如果是住宿生的话就不能轻而易举地抓住呀。自己的伙伴中出现了一个这样的家伙，想一想就令人不愉快，谁都不能大意呀。”短短的一瞬间，连我都不好意思地感受到一股令人讨厌的心情，想尽力利落地消除，于是那么说。

“但是，有一个办法一定可以在两三天以内抓住他。”樋口语末语气强硬，眼睛发光，嗓子沙哑，“这可是个秘密，因为经常发生偷盗事件的地方是澡堂的更衣处，所以两三天以前委员已经悄悄开始看守啦。他藏在天井背后，据说从小孔里什么都能看到。”

“哎？你从谁那里听说的呢？”发出这个疑问的是中村。

“我从一个委员那里听说的，不要外传！”

“但是，你、你知道了的话，估计小偷也注意到了吧。”平田说着摆出一副苦脸。

我在这里简单地声明一下，这个叫平田的男生和我以前关系没有那么好，某个时候由于某件事，两个人的感情受到了伤害，最近彼此交往都觉得没意思。虽然我说“彼此”，但是并不是我这一方这样做的，是平田极其厌恶我，平田有一天恶狠狠地臭骂我：“铃木不是你们想的那么好的人！我通过一件事看透了他的内心。”这话是我曾经从一个朋友那里听说的。他还这样说过：“我很讨厌他！是看他可怜才和他交往的，但是，我心底深处决不会和他交朋友的。”他只在背地里说坏话，当面可是一回也没说过。只是他讨厌乃至鄙视他感觉可怕的我，在他的神情中显而易见。对方显示出如此态度，我却没有主动地让他进行解释。

“如果我有不对的地方，他给我忠告是理所应当的。如果忠告并不亲切，抑或忠告连价值都没有的话，我也不会把他当作朋友的。”我这么一想，就多少感到了寂寞，但是并没有因为这件事而过于烦恼。平田体格健壮，可以称得上是男人中的男人，是所谓的“向陵[1]健儿”的模范，而我是个瘦削、肤色苍白、神经质的男人，两个人性格方面存在着根本的难以融合的地方，完全是居住在两个不同世界的人，所以实在没有办法，我放弃了。但是平田是柔道三段的强者，他会炫耀能耐：“再嘟哝我就揍你了！”别人会认为我老实地走出去是感到胆怯吧——事实上，内心深处一定是惧怕对方的拳头——但幸运的是，我对那样无聊的固执和名誉极其淡薄。“对方想要蔑视自己，只要自己相信自己就好了，我一点也不痛恨对方。”——这样决定以后，我对平田傲慢的态度往往报以冷静宽大的态度。我有时候会告诉第三者：“平田不理解我，那实在没有办法，而我认可平田的优点啊！”我确实也这么想。我并没有认为自己胆怯，我甚至自恋于自己那从心底称赞平田的高洁人格。

“垂下的紫藤家徽？”那时这样说完，平田瞅我的那一眼厌恶的眼神，那天晚上倒奇怪地刺痛了我的神经。到底他有没有流露出那个眼神？平田是不是在知道我的家徽是垂下的紫藤的情况下，流露出了那样的眼神呢？还是说

1 日本旧制第一高等学校的别称，亦简称“一高”。

这只不过是我的偏见呢？——但是，如果平田一点都不怀疑我的话，那我这个时候怎么做才好呢？

“那我就有嫌疑了！我的家徽也是垂下的紫藤！”我应该虚心坦怀地笑着说吗？如果那个时候在场的三个人和我一起舒心地笑的话，那没有问题；但是，如果其中的一个人——平田一个人没有笑，反而慢慢地摆出一副苦脸的话，怎么办呢？我一想到那个场面就蒙了，无法说话。

在这个事情上费脑子实在是蠢，但是我那一瞬间不得不想了很多事。“现在我处于被怀疑的境地，所谓不同于真犯人的是，各自的心理作用终究多少有所不同。”这么一想，此刻的我仿佛体会到和真犯人一样的烦闷、一样的孤独。就在刚才以前，我确实是这三个人的朋友，天下学生们所羡慕的“一高”高材生中的一位。但是此刻，至少我个人认为已经不是这三个人的朋友了。实在是些无聊的事，但是我有苦衷，无法向他们表白。对于与自己应该对等的平田，我却介意他的一颦一笑。

“一旦成了小偷，总觉得人种都不同了。”樋口的话一定是随意说的，但是那句话此刻在我心里强烈地回响。“小偷人种不同”——小偷！啊！多么令人讨厌的名字——我认为小偷和普通人种不同的理由并不存在于他的犯罪行为之中，小偷总会尽力隐藏犯罪行为，或者他心里会努力忘记自己的犯罪行为，绝不能告诉别人，这些不断的忧虑会在不知不觉中将其导入黑暗的心情。插一句话，我此刻确实就有一部分这样黑暗的心情。我也不相信自己能够接受犯罪嫌疑。为此，我的忧虑无法向任何一个亲友解释。樋口正是相信我，才把从委员那里听到的澡堂的事泄露给我吧。“不要外传。”他这么说的时候，我感到一种莫名的快乐。但是，同时那份快乐又将我的心情搞得更加灰暗，这也是事实。“为什么我会因为那件事而感到快乐？樋口一开始并没有怀疑我吧。”这么一想，我仿佛对樋口感到愧疚。

另外，还可以这么想。假定再怎么善良的人多少都具有犯罪性的话，想到“如果我是真的犯人”的就很可能不只是我吧。待在这里的三个人或许多少都感觉到了我感到的不快和喜悦。果真如此的话，委员特意将秘密告诉了樋口，樋口心里应该是最得意的吧。他在我们四个人中比任何人都要受委员信任。他属于离小偷最远的人种。如果把他赢得信任的原因归结为他有着优良的人品、富裕的家庭，又是博士的儿子这样的事实的话，我就不得不羡慕他那样的境遇。就像他所拥有的物质上的优越提高了他的品德一样，我所拥有的物质上的劣势——S县无地贫农的儿子、依靠旧藩主奖学金才得以就学的穷学生——这样的意识将我的品德搞得卑劣。我出现在他面前时感到的一种胆怯，无论我是小偷抑或不是小偷都是一样的。我与他人种还是不一样。我感到他越是以虚心坦诚的态度相信我，我越是离他远去。我留意到他对我越是亲近——表面上越是融洽地讲笑话，相互说说笑笑，我和他的距离就越大。那份心情即便是我，也战胜不了。……

“垂下的紫藤家徽”自那晚以来长时间地折磨我。我要不要穿着那外褂走路呢，关于这个我极为烦恼。假定我若无其事地穿着它走路，大家看过来时不把这当一回事的话还好。倘若大家露出“啊！那个家伙穿着那个”的眼神的话，这样，某人就会怀疑我，让别人怀疑的话我会觉得抱歉，某人被别人怀疑我会觉得他可怜。不只是面对平田或者樋口，我在所有的同级生面前都感到不快和胆怯。因此我又变得烦躁，把外褂收了起来，这样一来，又因为收起来而慢慢变得奇怪。我害怕的不是犯罪嫌疑本身，而是因此涌现在很多人心里的各种各样肮脏的感情。我比任何人都先一步自己怀疑自己，因此也让很多人怀疑，还将偏见加诸交往至今一视同仁的朋友之间，即，将朋友们分为三六九等。即便假定我是真的小偷，可是这危害和与之纠葛的那复杂的、令人厌烦的心情相比，简直不值一提。没有一个人认为我是小偷，大家做梦都不相信我是小偷，即便这个已成事实。如果达不到这种程度，我们的友情也不会成立。因此，如果伤害友情的罪责重于偷盗朋友东西的罪责的话，那么不论我是不是小偷，撒下被大家怀疑的种子都令我感到抱歉。这比起当小偷更加令我感到抱歉。我如果聪明的话就做一个巧妙的小偷——不，不能这么说——如果我是一个有点良心、关怀别人的小偷的话，就应该尽量不去伤害友情，发自内心地与大家打成一片，即便被神灵看到，也会用毫不羞耻的诚意和温情与他们交往，悄悄地偷东西。“干坏事！厚颜无耻！”大概大家会这么说吧，请大家站在小偷的立场上想一想，那是最正直的没有任何伪装的态度吧。“偷盗是真的，友情也是真的！”他会这么说吧。“两者皆真是小偷的特色，由于人种不同罢了。”也会这么说吧。——总之，一开始那么想，我的大脑就一步一步倾心小偷，逐渐地不得不考虑和朋友间的直接隔阂。我觉得自己不知什么时候已经变成了一个了不起的小偷。

某天，我大胆地穿起带有下垂紫藤家徽的外褂，一边在操场上走，一边和中村进行了这样的对话。

“对了，我问问你，听说小偷还没有抓到呢。”

“嗯！”说完，中村突然低下头。

“怎么啦？是不是在澡堂白等了呢？”

“澡堂，自那以后就没有守了，听说现在很多地方都被盗了哦。他们说守澡堂抓小偷的计策泄露了，前些日子樋口被委员叫去大骂了一顿呢。”

我的脸色唰地变了。

“什么？樋口被骂了？！”

“啊！是樋口！是樋口！——铃木，你忍一忍吧。”中村痛苦地叹了口气，同时眼泪哗啦啦地流了下来，“我一直隐瞒了你，事已至此，我沉默的话反而对不起你了。你肯定会不高兴的，其实委员们都在怀疑你呢！但是，请你听我说——我说这话肯定不招人喜欢，但是我绝对没有怀疑过你。即便此时此刻我也相信你。正是因为相信你，沉默才十分痛苦，十分难受。请你不要把我想作坏人！”

“谢谢！谢谢你告诉我这些，我感谢你！”这样说着，我也终于眼泪汪汪的了，但是，同时又感觉到“终究是来了”。这是一个可怕的事实，我内心深处预感到了今天的到来。

“这话该停止了吧，我告诉你以后也就舒坦了。”中村好像安慰我一样地说。

“但是，不能因为这话难以启齿而放着不说。我明白你的好意，不止我确实蒙羞，连你，作为我的朋友，也蒙羞了。仅仅是我被怀疑这个事实，就已经让我失去了作为你们朋友的资格。不管怎样，我的名誉被毁，这不好的名声不会被消除了。你说呢？不是这样吗？即便如此你也不会抛弃我吧。”

“我发誓不会抛弃你，我并不认为你让我蒙羞了。”中村看到我从来都没有过的激动模样，一边提心吊胆地说，“樋口也是这样的呀。听说樋口在委员面前极力为你辩护。他说：‘如果要我怀疑朋友的人格，我也会怀疑我自己的。’”

“即便如此，委员们还在怀疑我吧？——我什么都不介意的，请你把所有你知道的事情都告诉我吧。这样你的心情会更好一些。”

我这样一说，中村就好像很难开口一般地说了。

“委员那里有很多从四面八方来的信件，听说还有来告发的家伙呢。另外，自从那晚樋口说到澡堂抓贼以后，澡堂里的偷盗事件就不再发生了，听说这成了被怀疑的原因。”

“可是，听到澡堂那番话的不只是我。”——这句话，我没有说出口，但是，马上浮现在我心中。而且，让我变得更加孤独、更加可怜。

“但是，为什么委员们会知道樋口讲过的事情呢？那天晚上那里只有我们四个人。假定四个人以外没有人知道聊天内容的话——而且，假定樋口和你都相信我的话——”

“唉！其他内容就只有任你去推测了。”说着，中村露出哀求的眼神，“我了解那个人。那个人误解了你。但是，我不想从我嘴里提到那个人的事。”

是平田呀！——一想到这里我毛骨悚然。好像平田的眼睛在执拗地盯着我一样。

“你和那个人有没有就我的事情聊点什么？”

“聊是聊了……但是，请你体谅，我是你的朋友的同时，也是那个人的朋友，因此很痛苦呀。事实上，我和樋口昨晚和那个人在沟通时意见冲突。于是，那个人说他今天就要搬离宿舍。一想到我为了一个朋友而要失去另一个朋友，就觉得陷入这种悲哀的困境令人非常遗憾。”

“啊！你和樋口是那样看我的吗？抱歉！抱歉！”

我拉起中村的手用力地握着。泪水止不住地从眼睛里流下来。中村当然也哭了。我觉得自己出生以来第一次真正地体会到了人间的温暖。从前些日子开始，我被无法排解的孤独所折磨，我苦苦寻求的原来是这个。无论我是怎样的一个小偷，总不至于去偷他的……

“你听我说，我要老老实实地告诉你一些事——”稍微停顿了一下，我说，“我不是值得你们担心的那种人呀！你们为了我这样的人而失去一个很好的朋友，我不能坐视不理！或许他在怀疑我，但是我到现在也还很尊敬他。那个男人要比我伟大得多。我比任何人都承认他的价值。因此，如果他要搬离宿舍的话，那么要搬走的就该是我。我是师弟，就让我这么做吧。如此，你们就和他好好相处吧。我一个人的话，心情会好一些。”

“不是这样的！你没有搬出去的理由呀！”为人和善的中村用非常激动的语气说，“我也承认那个人的人格！但是，现在你是被不公正欺负的人！我不能偏袒他、与不正当行为为伍。如果要把你赶出去的话我们就要站出来！那个人，你知道的，极其自负，很难让步的，因此，既然说了要搬走就一定会走的。所以，就任由他去吧。然后等待那个人自己认识到错误后前来道歉。或许那需要很长时间。”

“但是，那个人很固执，他过来道歉是不可能的吧！会永远讨厌我吧！”中村好像把我的这番意思听成了由于我恨平田所吐露的一番话。

“什么？不会有那样的事情呀。我这样说最终是为了表达自己的主张，那个人如果认为自己错了就会果断地来道歉的，这既是那个人的优点又是那个人的缺点。这是我们应该爱他的地方。”

“要是这样的话就好了……”我一边认真地思考一边说，“我感觉即便那个人回到你的身边，他和我也永远不会和解了。——啊！那个人真的是个应该爱的人。我也想被他爱。”

中村拍了拍我的肩膀，一边袒护着这个可怜的朋友，一边在草坪上踢脚。日暮时分，操场的四周起了淡淡的烟霞，看起来像海洋一样宽广。对面偶尔有两三个学生一起走过，他们向我的方向瞅了一瞅。

“那些人也已经知道了！大家都在蔑视我！”一想到这里，不可名状的孤独感向我的心脏袭来。

那天晚上，本应该要搬离宿舍的平田，不知是不是有其他打算，并没有显示出要搬出去的迹象。而且当然没有和我，没有和樋口、中村说一句话，一直沉默。我认为事态发展到这个阶段，我当然应该搬出宿舍，但是违背两个朋友的好意又令人痛苦。另外，对我本人而言，要是这个时候搬走的话会让人觉得我心中有愧，只会加深被怀疑的程度，所以也不能这么做。即便要搬走也必须再稍稍等等，等待一个机会。

“别那么担心啦！这期间只要抓住犯人，就自然而然地解决了。”两位朋友始终这么对我说。但是，之后过了一周左右，别说抓住犯人了，偷盗事件依然屡屡发生。终于，与我同一房间的樋口和中村的钱包里的钱和两三本西洋书籍也被偷走了。

“最终他们两人都遭殃了！我想剩下的两个人没事吧，

不会被偷吧，没想到……”那个时候，平田脸色怪怪地笑着，我感觉到了他这番挖苦的话。

樋口和中村一到晚上就要去图书馆学习，这是他们的习惯，所以自然而然地经常只剩下我和平田四目相对。我觉得很难受，所以我也去图书馆或者出去散步，晚上尽量不待在房间里。后来，一天晚上有事情发生了，我九点半左右散步回来，一打开自习室的门，却没看到总是一个人在那里学习的平田，另外两个人好像也没回来。我想：“他们是不是在卧室呢？”于是走到二层看了看，仍然没见到一个人的踪影。我再次折回自习室，走到平田的桌子旁。然后，蹑手蹑脚地打开那个抽屉，找出两三天前他老家给他寄来的挂号信信封。信封里有三张十元的小汇票。我不慌不忙地从里面抽出一张放进怀里，再关上抽屉恢复原状，接下来，极其自然地走到楼道里。我下楼，来到花园，穿过网球场，正准备向平时掩埋偷盗之物的、长满草丛的昏暗的洼地走去。

“小偷！”有人喊道，突然从身后跳出来，扇了我一耳光，这令人极其厌恶。那个人就是平田。

“快点！交出来！把你刚刚放进怀里的东西拿出来给大家看看！”

“喂！喂！不要那么大声嘛！”我冷静地笑着说，“我确实是偷了你的汇票！你要我还的话我就还给你，你让我跟你去哪儿，我都跟你去。这样说不就明白了吗？”

平田稍微有点胆怯，但是马上重新猛地打我的颧骨。我很痛，同时，心情很好。我感觉最近背负的重荷一下子释放了。

“你这么打我，我也没有办法。我眼睁睁地掉入了你的陷阱。由于你太嚣张了，所以我想：‘混蛋！他的东西也不是不能偷！’这是我失策的原因所在。但是，哦，知道了也罢。以后我们就笑着说话吧。”说完，我友好地想要与平田握手，但是，他拼命地抓住我的前胸，将我拖到了房间。我的眼里看到的平田这个人只有这个时候是庸俗的。

“喂！大家来看！我把小偷抓来啦！我没有必要为不察之罪而道歉！”

平田高傲地走进房间，将我狠狠地推倒在回到房间里的两位朋友面前。房门口不时地有住宿生过来，聚着看热闹。

“就是平田君说的那样！是我偷的东西！”我从地板上爬起来对两个人说。本打算就像平常一样亲昵地说的，但是脸好像还是变得煞白。

“你们会觉得我很可憎吧。或者面对我会觉得丢人吧。”我冲着两个人继续说，“你们都是善良的人，但是，必须说你们有不察之罪啊！我最近一直在说，说的都是真话！‘我不是你们认为的那种有价值的人。平田君才确实是这样的人物！绝没有什么事需要那个人因不明之罪而道歉。’我说的那些话你们都不明白吧。我也说‘即便你们有一天会和平田君和解，我永远都不会有机会和平田君和解’。我都说了‘平田君比别人伟大的地方我比任何人都清楚’。对吧？你说说！我是那样说的吧。我绝没有撒谎！你们或许要说虽然没有撒谎，但是为什么不将事情的真相明确地说出来呢。你们或许还是认为我欺骗了你们。但是，关于那一点，请你站在我作为一个小偷的立场上想一想。对我而言这是一件极其悲哀的事，只有偷盗行为我无论如何也戒不掉！但是，因为我讨厌欺骗你们，所以我尽量兜着圈子吐露实情。我既然不能停止偷盗行为，也因此变得不再正直，没有领悟到这一点是你们的错啊。这样一说的话好像就说了些别扭的、让人不愉快的话，但是，这压根不是我的初衷，所以，请你们认真地听我说。你们会说你想要成为一个正直的人的话，为什么不能戒掉偷盗行为呢。但是，我没有责任回答你们这个问题啊。我是小偷，这是与生俱来的事实呀。因此，我努力在那个事实允许的范围内尽量坦诚地和你们交往。除此之外我别无他法呀。即便如此，正因为我想到对不起你们，才说‘如果要把平田君赶出去的话，就把我赶出去吧’。那既不是打马虎眼，也不是其他什么意思，是真的为你们着想。偷你们的东西是真的，然而我对你们的友情也是真的啊！我想向你们的友情提出申诉，想让你们知道小偷也有那份情谊。”

中村和樋口不说话，好像惊讶到了极点，一个劲地眨眼。

“啊！你们认为我是个厚脸皮的家伙吧。你们还是不明白我的心情啊。那也是人种不同没有办法呀。”说着，我一边用笑容粉饰悲痛的感情，一边又加了一句，“但是，我依然重视我们的友情，所以我要对你们进行忠告，以后也不是不会再出现这样的事情，你们要小心！不管怎么说，把小偷当作朋友就是你们不明智。如果这样走上社会，是要被担心的！从学校成绩来看，你们或许排在前面，但是从做人来看，平田君是很优秀的。平田君不会被欺骗，这个人确实很伟大！”

平田听到我提他，马上变了脸色，将头扭到一边。只有那个时候，这个刚愎自用的人看起来好像感到有些羞愧。

之后过了几年。我在那之后无数次被扔进昏暗的地方，现在已经完全堕落成为专职小偷的同伙，我无法忘记那个时候。尤其忘不了平田。现在每当我要做坏事的时候，就会想起那个人的脸。他说：“怎么样！我盯着的事情没错吧。”我感觉那个人至今还是飞扬跋扈的。总之，那个人是一个成熟的、有可取之处的家伙！但是，人世间是不可思议的，“走上社会，是要被担心的”，我预言的这句话完全落空了。樋口这个公子哥顺利地在社会上崭露头角，留了洋，被授予了学位。或许有他父亲威望的因素吧。今天，他满足于铁道部某某科长或者局长的位子。而平田又过得怎么样呢？杳无音信。因为如此，我们只能认为：“总之人世间是糊里糊涂的。”

诸位读者，上面的记录我没有说谎、没有添加任何虚假的信息。我在这里没有写一件不正直的事情。而且，不论是对樋口和中村，还是对诸位都是一样的，我希望大家能够品鉴我说的话：“像我这样的小偷也有如此纤细的感情。”

但是，或许诸位也不相信我，不过如果——以下是非常失礼的话——诸位读者中哪怕有一个人也好，若是有一个人和我人种一样的话，那个人一定会相信我吧。

（一九二一年二月作）

某份调查书的一节——对话

（A）你的年龄？

（B）四十六。

（A）听说你是铃木组土木工人的头儿，是这样吗？

（B）是的。

（A）那份工作的收入是多少？

（B）忙的时候一个月两三百元。

（A）不是很多吗？为什么会拿到那么多钱呢？

（B）除了每天的工钱外，还要抽取一百个土木工人的提成，所以变得那么多了。

（A）有那么多收入，为什么还要干坏事呢？你迄今为止有三次赌博、两次偷窃的记录，还有三次强盗罪记录。为什么要干这些事？

（B）实在抱歉！

（A）不是让你道歉！为什么要干那些坏事呢？——有两三百元的收入，为什么还要当小偷或者当强盗攫取钱财呢？那些钱干什么用了？

（B）那些钱都给女人花了。我干坏事都是为了女人。

（A）你说的那个女人是你妻子吗？

（B）不，不是我妻子。钱都花在情妇身上了。

（A）说到情妇，你好像有好几个呢？

（B）到今天为止是有过很多。

（A）她们之中，你最喜欢的是谁？

（B）我是很容易对女人着迷的性格，无论对哪个女人都是一时着魔罢了，即便如此，我最喜欢的是菊荣和阿杉。

（A）你什么时候认识菊荣的？

（B）大概是在人正元年的时候。菊荣在森之崎做艺妓的时候，我们认识了。

（A）那，你什么时候杀了菊荣？

（B）那是在大正三年十二月二号晚上。

（A）为什么杀她呢？

（B）因为菊荣背着我有了其他男人。

（A）你把杀菊荣时的情况尽量说得详细一些。

（B）正好那个时期菊荣搬到了大森，晚上十一点以后会结束应酬回来，我在大街上等她，后来把她诱骗到海边出其不意……用……杀她，之后菊荣吧嗒吧嗒挣扎了几下，因为我……不能出声……变得简直像……一样，一两分钟就死了。我用预先准备好的……把尸体……之后把它用……弄……能成为证据的东西都……处理了。所以，至今为止没人知道。

（A）你为什么会想到那个办法？

（B）我从以前开始就思考杀人的时候这样干好不好。

（A）你什么时候认识阿杉的？

（B）那是在杀了菊荣后的第二年正月，我和朋友一起去新宿玩的时候认识的。阿杉那个时候在C楼工作，用S这个名字，后来过了一年左右我给她赎了身，去涩谷道玄坂给她开了一间叫G的鸡肉店，让她当我的二老婆。

（A）你现在也觉得阿杉很可爱吗？

（B）当然很可爱了。那个女人和菊荣一样都是水性杨花的女人，从我身上攫取了很多钱，无数次欺骗我，所以我经常发火，但是因为她确实很可爱，所以都忍了下来。实在忍无可忍的时候我也想过杀了她。但是，要是杀了那个女的，就再也没有她那样的了，这样想了以后觉得可惜，就不想杀她了。

（A）你既然那般喜欢阿杉，为什么又强奸了三河屋的女儿呢？

（B）我也不知道为什么，但我就是那种性格。那天晚上我喝得酩酊大醉，看到三河屋的女儿不由得忽然动情，就想干那事儿。

（A）那你之前不认识那个姑娘吗？

（B）不是的，我以前就知道她，我认为她是个好女人，私下里注意过她。但是，因为她是个很正派的姑娘，所以我也没有特意想过要怎么办。然而，那晚是个难得的机会，我不由得起了邪念。

（A）你说的那天晚上是什么时候？

（B）大正六年四月十九日晚上。

（A）你详细说说那个时候的情况。

（B）那天晚上我在某某坂的叫某某的居酒屋喝酒直到十点，之后打算去道玄坂阿杉那里，我一来到新宿的停车场，就看到那个姑娘在那儿。那个姑娘就一个人，好像去哪里干活刚回来。我想和姑娘坐同一趟电车，我想姑娘一定买了到目白的票，所以我也买了同样的票，坐了同一趟车。后来在目白站下车时早已想返回了，但是，我知道姑娘回去的路是一条人很少的路，又想跟着她看看，就跟着她走了。之后走过七八条街，在一处没有人家的地方，我叫住了她。于是姑娘突然跑起来，她是不是之前就稍稍注意到了呢，所以我立即……来了。我虽然说了："听见你出声的话，就杀了你！"但是，即便如此姑娘……因为……我非常吃惊她不会是死了吧，是暂时失去了意识吧，但是，最终好像是死了，所以我想不能这么把她放着，就把尸体……院线的河堤上……处理了。

（A）第二天姑娘的事情上了报纸，你是怎么想的？

（B）我认为没问题，大家不会知道的。因为有菊荣的事情，所以我胆子大了起来。后来终究没有被发现，我心里很得意。

（A）到今天为止你没有把所犯的罪行告诉过任何人吗？

（B）只告诉了我老婆。

（A）什么时候说的？

（B）菊荣的时候和那个姑娘的时候，都是在事件之后马上就说了。

（A）为什么要说呢？我认为要是没有必要的话就不应该说。

（B）即便是没有必要的事情，是夫妻的话就会说的。

（A）可是，你不是说你和你老婆根本不像夫妻吗？你不是说你始终只去阿杉那里，和阿杉过着夫妻一般的日子吗？如果能告诉你老婆，为什么不能告诉阿杉呢？

（B）给那样的女人是不能说这种糊涂事儿的。她就不是人！

（A）那么你是说你老婆是人啦？

（B）是的，我老婆是人。

（A）但是，你不是说你总不把老婆当人看，不是打就是踢，让她饱受折磨吗？不是听说对待她简直像对待猫狗一样吗？

（B）或许对待她像对待猫狗一样，但还是那个女人是人。我想要是我老婆的话，我会告诉她任何事情。她是那种如果我说不要去外面说，她就不会去说的那种女人。

（A）从你老婆 E 的话来看，你在告诉她的时候，是不是说过“如果你把这件事告诉别人的话，我也会杀了你的”？如果你真的相信你老婆的话，为什么又会说出那样的话呢？

（B）我是那么说了，只是想吓唬她。我虽然吓唬她了，但是也相信她。

（A）就算你相信她，即使你们是夫妻关系，那样的事情是很少能说的。你告诉她，是不是有不得不告诉她的原因呢？听说你很嚣张地对你老婆说“我根本不把杀人当回事儿，不管是谁，只要不听我说的话，我就杀了他”，但是，你到底是在什么心情下嚣张的呢？

（B）什么心情？我也不清楚，我想是不是想嚣张一下就嚣张了呢。

（A）你杀了人，心里不觉得那是不对的吗？

（B）我认为那是不对的。

（A）是不是认为那是不对的，就受到良心的谴责，因此不能沉默下去，从而向妻子倾诉了呢？

（B）我是认为那是不对的事情，但是也没有达到不能保持沉默的程度。

（A）你是不是说你完全是为了嚣张一下才告诉你妻子的呢？

（B）是的。啊！我只能这么说。

（A）你告诉你老婆的时候，她说了什么呢？

（B）她是个非常胆小的、与人为善的女人，听了我的话，脸一下子变得煞白发抖。我一看到她的样子就来了兴致，于是说："你要敢到处乱说，我就把你也杀了！"以此来吓唬她。于是那个女人说："如果要杀别人的话就把我杀了吧！杀了我以后请你无论如何去自首！"我以为她在说自大的话，于是就说："我要是杀了你，那也是没有办法。就算不接受你的指示，我也会随心所欲地想杀谁就杀谁！"于是，E 说："你干坏事不后悔吗？"最后她哭着开始给我意见。E 越哭我越嚣张："你哭什么哭！你怎么哭我都不会后悔！你不明白吗？因为杀得顺利所以杀了好几个人！”

（A）如此嚣张地说完以后，听说你和老婆一起哭了，对吗？

（B）哭是哭了，但是我没有后悔！

（A）那为什么呢？

（B）说起来也奇怪，那女人一哭最终我就会哭，这是我的怪癖。我很喜欢让那个女人哭，我认为她只有哭的时候才可爱，所以老是做一些让她哭的事情，最后我也会被惹得哭起来。和那个女人一起哭，心情会莫名地很好。

（A）那在你心里是不是很喜欢你老婆？

（B）不，和喜欢不一样。

（A）但是，当菊荣说让你和老婆分开的时候，你是不是说不行？能不能说菊荣是因为你没和老婆分开而吃醋，从而找了其他男人呢？

（B）是这样的，我总觉得她很可怜，故没能和她分开。

（A）如果你觉得她可怜，为什么会那样折磨她呢？

（B）正因为我老折磨她，所以才觉得她可怜。

（A）这不是很奇怪吗？如果折磨她的话，将她困住当老婆反而可怜，不是吗？你老婆娘家的实力是相当不错的，她本人也很有姿色，又比你年轻很多，所以离婚对她来说不是反倒幸福吗？

（B）……或许是那样，但是，我是想要一位为我而哭的女人。我一做坏事，之后老婆就一定会哭。她会说请你无论如何改邪归正吧，然后哭得很伤心。这会让我既悲伤又高兴。

（A）那你会不会是觉得让老婆哭很有趣，所以故意干坏事呢？

（B）不，不是这样的。坏事还是自己想做才做的，事后老婆一哭的话，总觉得能够赎罪。换句话说，有老婆在的话，可以做坏事。所以，像我这样的人，无论如何都得有一个那样的老婆。

（A）如此说来，如果你没有那样的老婆，你就不干坏事了？

（B）我想不会那样的。但是，如果没有老婆的话，即便干了坏事也很没劲吧。

（A）有老婆的话干坏事很有干劲。——那你和老婆分开岂不是更好吗？这样，或许你会变成好人呢？

（B）不，不会那样的。我这一辈子是不会停止作恶的。即便我能做好人，我也不想做。干坏事总会让人觉得很有趣。所以，虽然我是个坏人，但是要幸福地生活下去的话，无论如何都要和我老婆待在一起，要不然我不知道该怎么办。

（A）如果你老婆那样重要的话，你怎么不再疼爱她一点呢？

（B）可她不可爱啊，我也没有办法。另外，我不折磨老婆的话，她就不会哭呀。不哭的话就不能赎罪了。

（A）你认为你老婆哭了就可以赎罪吗？

（B）是的，我觉得是那样。

（A）你杀了两个人！你觉得你老婆那样做，你的罪责就会消失吗？你没想过什么时候你的罪行暴露，会被处刑吗？

（B）想过的。总之肯定会被抓住一次。我老是想被抓住的话，最后就不能在榻榻米上寿终正寝了。所以，更想要赎罪了。

（A）那赎罪是说将死之前的事情吗？

（B）啊，是的。在这个世上我是个人渣，去了那个世界，我想获得救赎。

（A）那个世界是怎么一回事呢？你老婆是不是信神灵或者菩萨呢？

（B）倒也没有信。只是经常会说“是不是真的有神灵或者菩萨呢”之类的话。

（A）那么，你为什么会产生关于那个世界的想法？

（B）过去我就模模糊糊地想过是不是有那样的世界。

(A) 即便有那个世界，你为什么认为你老婆为你哭泣的话就可以赎罪呢?

(B) 我也不知道为什么，但是总觉得会那样。

(A) 你现在也这么认为吗?

(B) 是的，我现在也这么想。我在这儿接受调查期间，我老婆一定在哪个角落里哭。这么一想，我就变得坚强。我让她经受折磨，又冲她大呼小叫，让她流泪，但是我认为让她流泪是件好事情。

(A) 那你现在不想念阿杉吗?

(B) 不是，我不是没有想。阿杉，我一天也不能忘。我还是觉得没有那么好的女人。

(A) 你老婆为了你可能正在角落里哭泣，你认为这时阿杉在做什么呢?

(B) 阿杉一定是勾引了男人，正在偷情。一想到这儿我就气不打一处来。

(A) 在阿杉和你老婆之中，你挂念谁更多呢?

(B) 她们俩我始终都挂念。但是，真正让我担心的是阿杉。因为我认为我老婆会在一个地方为我担忧，所以不用担心。

(A) 你这话是不是太自大了?

(B) 虽然是自大的话，但是事实应该如此。

（A）你说你老婆为你流泪的话就可以赎罪，那你折磨你老婆让她流泪岂不是不对吗?

（B）或许是不对。但是，我想总有个原因令其成为对的。我一让老婆哭，就觉得她因此而变得可爱，我的心情会出奇地好，仿佛一时间我也变成了和老婆一样的好人，所以我不认为这是不对的事。如果不对的话，我不会有那么好的心情。就算不对，我一个劲儿地让老婆哭，自己也一起哭，这样罪行好像消失了一样，心情变得纯净，这一点是毋庸置疑的。好像不合常理，但是事实如此。所以，像我这样的坏人总归一生都不会做好事，所以就算做同样的坏事，偶尔就想做点让自己心情好的坏事，要不是这样的话就会变得痛苦不堪。所以，神灵——啊！我就是那么想的——如果世间的神灵替大众着想的话，一定会为了我们这些坏人考虑，教我们一些在干坏事时偶尔让心情变好的方法。所以，我认为折磨老婆之类就是让我多少轻松下来的、神灵的感召。我想，折磨别人从而心情好这种说法一定有什么原因。所以，我折磨老婆与杀害菊荣、杀害三河屋的女儿是截然不同的。另外，站在老婆的角度也是这样。既然是夫妻，因为连带的缘分，自己就会承担丈夫的罪行，替丈夫痛苦。被打、哭泣都很痛苦吧，但是，如果能够忍受这些，丈夫就会得到救赎，就算到了另一个世界，丈夫也不会被打入地狱，我认为她这么想是对的。

（A）你有没有把这种想法告诉你老婆呢？

（B）没有。我自己也不知道我是这么想的。现在才终于明白。

（A）那你想不想下次见到你老婆的时候告诉她呢？

（B）不想。

（A）但是，你要是告诉她那些的话，你不觉得你老婆会高兴一些吗？

（B）我想她一定会高兴的。但是，要是告诉她那些的话，我就会慢慢地变得脆弱。脆弱以后就不能干坏事了。

（A）不能干坏事岂不是很好吗？

（B）不，不好！我刚才说过了我想干坏事。神灵把我生成了一个不干坏事就待不住的人。

（A）你不是说，一看到你老婆哭就会心情变好，觉得自己也变成了好人吗？所以，那个时候，哪怕很短暂的一会儿也好，你不后悔吗？不认为“啊！我错了”吗？

（B）我不后悔！我认为后悔没用！只有那个时候我的心情会稍稍好些，所以虽然很短暂，但是我很难割舍那份心情。啊！就像干坏事之余的那只手一样。

（A）你说的好心情，比如说是什么样的心情呢？尽量细致地描述一下。

（B）要说是什么样的，实在是没法描述，我先前也说过了，只有那个时候我觉得老婆特别可爱、特别可怜，所以看到她那样我就总觉得心情好。

（A）那是不是只有那个时候你老婆比阿杉更可爱呢？

（B）是的……不，不是的……即使都很可爱，但是阿杉和老婆还是有些不一样。老婆哭的时候一定很可爱，但是不像阿杉那样可爱。可爱的样子不一样。我老婆和阿杉相比容貌不好，皮肤黑、鼻子低；身材方面也没有一点阿杉那样的婀娜；说话总是太认真、不灵活；我平时就想这种不懂温柔的女人世上估计没有。一看到那个女人的脸我就烦透了，对她失去了兴趣，所以即便感到她很可怜，也还是去了阿杉那里。啊，平时是这样的，但是她一哭的话，那黑色的皮肤或者不美丽的地方……就这样突然和平时不一样了……总觉得这样……看起来是和阿杉等人完全不一样的美丽！

（A）你说的那种“美丽”是什么样的美丽呢？又与平时如何不一样了呢？这或许很难解释，好好回想你的那个心理状态，然后说说怎么样？

（B）啊，比如……那个女人的眼睛平时总让人感觉不明亮，没有一点所谓朝气的东西，但是，一哭的话那眼睛因为眼泪而泛光，很奇妙地变得活泼起来——这样说或许很奇怪，变得像水晶一样漂亮。阿杉的眼睛也非常妩媚，可是不像那个女人那个时候的眼睛那样，泛着纯洁的光泽。我看到那双眼睛就会伤心，但是那种伤心的心情很好，心底深处都一下子变得透亮起来。

（A）那可以说比起漂亮是纯洁了？

（B）是的。是纯洁。——我也不知道是什么原因，我一看到那双眼睛总会想到神灵。我觉得神灵这样的东西还是存在的，所以我想神灵一定长着一双那样纯洁的眼睛，气质高雅。——一说到气质高雅也令人感到奇怪，我老婆虽是个俗人，但是只有那双眼睛令人觉得高雅。换句话说，我老婆——与我或者阿杉等坏人不同，她是好人——所以总有些接近神灵的地方，因此我想，在她哭的时候，眼睛中是不是出现了神灵般的东西。这样一来，就不只是眼睛了，其他地方一下子都变得好起来，所以平时根本不是优点的脸蛋、身材等，都和眼睛一样变得高雅起来，不论看哪里都不觉得有难看的地方，浑身好像散发着非常体贴的味道，实在令人不可思议，但是看起来确实是这样。她那个时候抽抽搭搭地哭着“你反省反省吧！做一个正派的人吧”，这声音又与以往不同，细腻、动听，是一种沁入心脾的悲伤，所以感觉可怜的心里像被清洗了一般。

（A）被你老婆这么一哭一说，你往往会怎么回答呢？

(B) 我说："又在那儿哭哭啼啼的！能不能安静一会儿？"也说过："你想哭到什么时候？"随后一个耳光将她打倒。可以说那是因为她太烦人了，所以我才会意气用事那样说她，但是，我也明白这样做会让她哭得更厉害。连我自己也不知道，我是为了让她哭呢，还是让她停下来呢。

(A) 于是你就一边折磨她，一边和她一起哭吗？

(B) 我越折磨我老婆，她哭得越厉害，最后发出"哎呀"的声音，鼻子都不通气了，还在千方百计地说服我。我最无可忍耐的时候是，她说："喂，老公！你打我的话怎么打都可以，只要你改邪归正。拜托你了……"然后用饱含泪水的眼睛抬头一直看着我。就是在那个时候，老婆的眼睛看起来高雅又纯洁。一看到她这个样子，我就感觉又害怕又悲伤，所以为了掩饰，我就突然抓住老婆颈后的头发，把她扯倒。然后老婆就倒在那里，仍然抽抽搭搭地一直哭。我听着她抽抽搭搭的啜泣声，心情变得说不出的沉重，终于被感动了，一边想着得哭了，就哭了出来。

(A) 那个时候你是不作声地哭了，还是对老婆还说了些温柔的话呢？

(B) 我说："别哭了！你一哭我也就哭了。"还说："你哭了还给我意见，谢谢！但是我天生是这样的人，没有办法呀。你也一定很痛苦吧，你就想我们成为夫妻是因果，就放弃劝说我吧，好吗？你饶恕我吧！”于是，我老婆一边“嗯嗯”地点着头，一边更加可怜地潸然泪下，我也是越说眼泪越止不住地流下来，就像听悲伤的歌曲，一起哭泣，心情却很好。

（A）既然都这样了，你为什么不后悔呢？这样的心理状态要是能长久地持续下来，你不就变成好人了吗？

（B）但是，不能持续很久也没有办法。那个时候即便变成那样的心情，又因为马上就会做坏事，所以哭是哭了，但是决不打算改邪归正。我想，以后在我活着的日子里，我会无数次作恶吧，也会无数次让老婆哭吧。无论再过多久，都只是重复相同的事情罢了。

（A）那你老婆也是在认为你已经无药可救的情况下哭泣的吗？还是相信某一天你一定会改邪归正呢？

（B）我想，她一定想着依靠自己的力量，早晚都会让我改邪归正的吧。要不是这样，她也不会百折不挠地一直哭着给我意见。那是那个女人的优点。正因为有这样的优点，才变得更加可怜。

（A）但是，你老是觉得她可怜却不后悔，不就无法获得救赎了吗？我觉得，你让老婆哭泣仅仅为了获得好心情，是不会有什么帮助的……

（B）不，只是那样也还是会有帮助的，比起心情不好，那可是件好事，可以成为在那个世界被救赎的依靠。一年间做了坏事，老婆经常哭一哭，只有那个时候我觉得像遇到了神灵，虽然说我没有达到后悔的地步，但是我不能忘记“自己是个坏人，自己在干坏事”，这对我这样的坏人来说是很重要的。像我这样的人，至少不能忘记自己是个坏人，要不然我好像就永远得不到救赎。所以，对待我老婆像对待猫狗一样，因为有她在所以我可以被救赎，她是我一定需要的人。

（A）于是，你老婆完全变成是为你而生存了吗？你老是考虑自己，有没有为你老婆考虑过呢？

（B）站在我老婆的立场，如果能够拯救我这样的人，那也还是为了她。那个女人如果舍弃像我这样的坏人而找一个好男人当老公的话，或许会过得轻松，不像现在这样辛苦，但比起轻松来说救人是个好事情。她是个好人，一定会这么想的。人当然都会受苦，我也不是没有受苦。

（A）你说过不想把这些想法告诉你老婆，但是，你不觉得你要告诉她的某个时刻会到来吗？

（B）我想某个时刻会到来的。但是，我也觉得那不是这个世上的事。

（A）你认为那个世界确实存在吗？

（B）我不认为确实存在，但是如果不存在的话也令人痛苦。

（A）为什么会痛苦呢？

（B）但是如果这样下去的话，对谁——对神灵？对我老婆？对自己？总觉得会对不起谁。

（一九二一年十月稿）

某次犯罪的动机

当博士的家属知道杀害博士的下手人是博士忠实的仆人、书生中村时，他们都大吃一惊。未亡人、公子、千金都同样地被说不出的恐怖和战栗所袭击。为什么呢？他是出于什么动机实施犯罪的呢？善良的博士又是如何制造蒙受灾难的原因了呢？这些都完全在意料之外。——一般灾难是在没有任何可以发现的理由时造访的，而且那完全像经营一项事业一样，当缜密的计划被极其阴险、巧妙地实施时，人们会将恐怖进一步扩大。——即他们深切地感受到，无论人们多么幸福、善良，某个时候或许就会为祸事付出代价。这个情况不只对照博士来看是真理，比照加害者中村来看也是真理。为什么这么说呢？——因为在他们看来，中村和博士一样都是幸福的、善良的。他们只能认为，如果博士被杀是一桩偶然的祸事，那中村杀害博士，和那种想法一开始在中村的头脑里产生，都是偶然的祸事。

那个时候——是说F侦探通过无可争辩的指纹证实是中村作案，并且在博士被杀害的那间书斋里、在博士家属的面前逼迫其自白的时候，中村嘴角处露出了淡淡的微笑，一边挠着头仿佛显示出“完了”的意思，一边静静地说：“啊！你们都知道了吗？——那就没有办法了。老师是我杀的。”

那个态度看起来很沉着，丝毫没有耍滑。虽然令人不可思议，但是看起来仍然是迄今为止的那个正直而忠实的书生。他的样子和说话的神情完全没有背叛迄今为止的中村的风格，仍然符合他的形象。如果非要找出他们的不同之处的话，只是他的脸色比平时稍显苍白罢了。

“确实是我杀的！大家一定很吃惊吧，我既没有发疯也没有怎么样，我是在精神正常的情况下干的。请憎恨我吧。”他说着，环视了一周，看着未亡人、公子、千金等，腼腆地笑了。那时他苍白的脸颊出现了像处女那样的红色。

“为什么我精神正常却杀了老师，深受博士大恩却起了杀心呢？你们一定怀疑这件事情吧。对我而言，尽管有明确的理由，但是你们最终都想象不到那个理由，你们想象不到也是理所当然的。”

“那你讲讲那个理由。”公子先来讯问他。或许因为他的情绪受到了中村的影响，所以出奇地沉着，对书生的用语比平时更加客气。

“不消你来问，我想让你们听听。”中村说到这里，露出哀求般的眼神，继续说，“我要把理由告诉你们，让你们明白，从何说起呢，我也不知道。我也想过，肯定得在某个时刻说出来的，但是，那个时刻居然如此早地到来，令人感到非常意外，我还没有准备好用一个合理的顺序说出来……总之，我必须让你们听听。我杀了老师，啊，简单来说，没有杀害的理由这句话里就有理由！老师自然不用说，人格是相当了不起的。另外，与那样的人格相匹配的是，他还是一个幸福家庭的男主人，过着完美的生活。老师周围的各位，夫人、公子、小姐，大家都像老师一样，性格纯洁、美好。不！不只是你们！连如此说话的我，受到大家的疼爱，又服侍着大家，也为这个完美的家庭氛围的构建出了一份力气。我打算在服侍你们的时候尽可能忠诚、正直，你们也相信了我。说到那为什么杀了老师呢？杀人的原因是什么呢？老师是一位具有相当完美人格的人，老师周围充满了幸福，这些都是直接原因。关于这一点，我必须先从我的人性开始进行说明……”

中村这时切断了语言，极其痛苦地深吸一口气，然后用一种让人产生严肃感觉的、微微颤抖的声音说："整体上我——

"整体上我是从什么时候开始的呢，我自己也不知道，很早以前，我就感受到人生是极其孤独、无聊的。这么一说，你们或许认为那大概是境遇使然。原本我在孩提时代就是个无依无靠的孤儿，在来老师家得到你们的照顾之前，吃过很多苦，或许童年的经历并非没有影响我，但是，我自身是这么认为的，我的厌世观并不是外界决定的，让人意外的是，它好像是根深蒂固的东西，仿佛是我与生俱来的性情中就带有它的萌芽一般。为什么呢？我之所以感觉人生无聊，不是因为自己的意愿不能被满足，而是因为在面对人生中的任何事物时，都不能拥有所谓的意愿。再进一步来说的话，我觉得人生中没有一样是真的！没有一个我真正想要的有价值的东西！都是虚无的！都不是什么了不起的东西！我的心情这两三年来，慢慢地像得了很难治愈的重病一样，吞噬着我的精神和肉体。是的，确实是吞噬了我的肉体，因为我不只是心里感受到了这一点，身体也明确地感受到了。你们是以我不喝酒、不近女色为理由，判断我是个品行端正的青年吧，那并不是因为我有坚强的意志，而是因为我实际上没有丝毫意志。对于我来说，吃了美味的食物就觉得美味，看到美丽的女人就觉得美丽，但是之后会马上想美味是什么，美丽是什么。而且要多少付出劳动，才能吃到美味的食物，接触到美丽的人，这令人觉得荒唐可笑、无聊透顶。那样的物质方面的欲望怎么样都好，若是在面对精神方面的事物时，也陷入不会感动的状态的话，那得有多么孤独，恐怕这是你们无法想象的。你们以为我是个温和、顺从的青年吧，但是事实上那是我不懂感动的结果。没有意愿的我只是按照你们的命令在运转，除此以外我就没有其他的生存方式。幸亏有你们，才让我的身体保持运转，这让我觉得有意义。如果他人的意志不能对我起作用，我或许就会停滞在一个地方，静静地、一动不动地待在那里，死去。实际上我在最后是活着呢，还是死了呢，我已经不清楚了。——假定有可笑的事情时你们会开怀大笑，我看到以后也会觉得可笑，但是，马上就会想可笑是什么呢，于是笑都变得庄严了。不仅如此，更加恶劣的事情是，在我眼里，那些笑着的人像傻瓜一般。大家不是都懂吗？我总是考虑，哭、笑、感动，这些最终变成了什么。一旦这样，人就完了。对那个人而言，所谓的人生不过是唯一单调的、没有意义的存在。——啊！我因为这应该诅咒的心情痛苦了多久呀，如果我的这种心情只是单纯地来源于厌世观的话，就有方法诉诸哲学或者宗教吧。但是，令人困惑的是，就像刚刚说过的，由于它附着在我的体质上，所以与其说是厌世观，不如说它早就存在。可以说我的厌世观反倒是之后才产生的结果。我屡屡这么想，无论是谁，恐怕在理论上都无法断言人生中是否有真情。无论是谁，都和我一样，在笑的时候、哭的时候，一旦意识到人生最终是没有意义的，就会冷静地思考并得出相同的想法。但是，人这样的生物即使在道理上这么想，可是在遇到可笑的事情时还是会笑，遇到悲伤的事情时还是会哭。这是人之常情。于是，我觉得自己是不是缺少作为人的某种东西。自己是不是没有人应该持有的感情这种东西呢。——对了，我在没有意志的同时还没有感情。我所拥有的只是冰冷的理性。而且，如果服从这种理性的话，人生中就没有好的事物，也没有坏的事物。做了，没有坏的事物；不做，也没有坏的事物。人不管做什么事都不要紧，什么事都不做也不会有什么影响。想做的话，偷盗、欺诈都不觉得是坏事；不想做的话，就抄着手睡觉吧。因为我不想做，所以什么都不做，于是完全没有什么影响，我就是这么想的。作为人这样想是可怜的、不幸福的，但是，除此以外我根本没有其他想法，因此，我认为这绝没有错。我觉得这样活下去，对我自己来说非常自然，是非常正派的活法。……

“啊！那个时候的心情，我真的至今也忘不了，虽然实际上很辛苦。对于能够信仰神、善、道德的人来说，活得正派同时是活得幸福，也是活得放心吧，但是，我不是这样。对我而言，正派地活着是种不断的不幸的意识，是不安的源头。虽说不像个人吧，我也还是个人，所以或许这种说法太自我，我还是觉得可怕、阴森。我的想法作为真理并没有错，但是我也想，作为一个人是不是错了呢？我也想，作为人这是十恶不赦的事，偷东西、杀人等比起这还算好的、幸福的。因此，总之，我想变成人。想变成可以哭、可以怒，可以让人哭、也可以让人怒的人。想拥有丰富的感情。……”

“那是说你是为了尝试做点什么而杀人的吗？”那个时候，博士家的公子再次发问了。

“是的，啊，你这么说或许也可以。即便如此，我必须再告诉你一些我复杂的心绪。是为了尝试做点什么而杀人——只是因为这样的话我是根本无法解释的。我想请你们想一想，当我那般孤独寂寞地活着的时候，你们又在过着什么样的日子呢？你们，博士、夫人、公子、千金，没有一个人观察过我是多么辛苦地活着。当然那也无法观察，你们会说不观察是理所应当的吧。原来如此，我也认为你们说得对。然而，你们不只是没有观察，你们心满意足地、幸福地活着。一看到你们的样子，就觉得你们完全相信‘人只要信仰神灵、服务于道德，就不会不幸福’。我一看到你们就加深了我的孤独感，就深切地感受到自己的不幸，但是，你们是完全不会理解的。别说你们做梦都不会想到，你们的幸福给他人带去了麻烦，你们反而坚信自己给他人带去了幸福，而且沉浸在一团和气的家庭气氛中。我并没有羡慕你们，但是，你们把偶然的幸福当成必然的报酬一样，认为必须是这样，我看到这些非常反感。让我讲的话，你们没有理由必须幸福，因为我也没有理由必须不幸福。你们与生俱来拥有旺盛的意志和热情，想要活得正派，想要有信仰地活着。然而，那不是你们努力的结果，出生在那样的环境中也不是必然的吧。你们生来成为那样的人，但是即便不是那样也好；生来成为我这样的人也是没有办法，没有任何事必须成为那样。——我这么认为。所以，你们的幸福完全是偶然的上天的馈赠，但是，以博士为首，大家都没有反省过这一点。你们认为这样就很好，就应该这样。我不想夺走你们的幸福，即使想要夺走，只要没有重生也没法夺走，然而，如果你们一直按照你们自己标榜的那样正确地观察人生，想要根据真理和正义生存，我想你们承认自己偶然的好运比较好。而且，面对我这样运气不好的人，应该简单地打个招呼。你们应该对我说：‘我们与你相比好像运气是比较好，但是这也是命运，没有办法。实在抱歉！

不过，请你放弃！’然后，多少顾及我的心情，悄悄地享受你们自己的幸福，这不是礼仪吗？这不是真正正确的做法吗？尽管只是一点点小事情，但是没有那个招呼就令我非常孤独。你们知道我的不幸，却说没有办法，我想告诉你们，却不知道告诉你们的方法，所以总之用没有办法这一句话结束了一切，越想没有办法这句话就越觉得郁闷。我还这么想发火也是没有办法，憎恨也是没有办法，我怪罪你们观察力差也是没有办法，无论做什么，结局都很无聊。我绝对没有勇气敲着小鼓来攻击你们，也不是醉酒胡来。但是，我因为这一点更加痛苦，静静地待着，就觉得好像不能呼吸。

“……因此，我杀了博士就是这种沉重苦闷心情积蓄的结果，除了这种说法别无其他。我根本不是从一开始就想杀人的——我觉得杀人总归是无聊的——但是，我感觉杀害博士这件事，在做点什么事情之中是最了不起的。为什么这么说呢？博士是你们之中最幸福完美的一位，因为你们的幸福都是以博士的存在为中心的，所以博士要是不在了，你们也多少会变得不幸福吧。然后，就会领悟到迄今为止的幸福是偶然的吧。——虽然我并不认为你们领悟到这一点有什么重大意义，但是，绝不是坏事。比起不去领悟来说是好事，至少教会你们审视人生的正确方法。另外，于我，迄今为止的不公平多少会被清除，啊，那可以矫正命运的不公，我这么以为。当然人世中不止你们，还有很多更加好运的人，不以博士为目标当然是可以的，但是，博士离我最近。我是一个懒惰的人，不想去远的地方。啊，要说出来的话，我所能看到的就是博士的罹难，同时也是我的罹难。这样说话好像很任性，但是，一定是事实。我所做的事情与其说是意志作用的结果，不如说是水流自然流动的结果，尽管偶然，但是旁边有一处低洼之地，所以自然而然就向那边流去了，我希望你们如此理解。……”

“不，不应该这么说。”F 侦探用尖锐的语气插嘴说，“你事前制定了缜密的计划，不论谁来审这案子，这都是采用了令人意想不到的阴险手段实施的故意杀人。即便如此，你还要说这不是你的意志吗？”

“原来如此，您问得好！”中村显示出好像正中下怀的样子，点着头，“我确实制定了非常缜密的计划，想了阴险的手段。虽然如此，但是那并不是因为我有想要实施的意愿。我一开始，并非是要实施，而是陶醉于空想之中。因为对我这样的人而言，实施起来会有困难；相反，在空想中，什么事都可以思考——实际上，如果没有沉醉在空想之中，我又该如何度过孤独的时间呢。你们要说以你们的思考方式来看，正是有了实施的意愿才计划了一切吧，但是，我大概只要空想就可以满足。只是，事实上，因为那种空想仿佛泛着真实性一样，更加引起了人的兴趣，因此，我的计划在头脑中被盘算着，居然达到了非常缜密的程度。我居然看到了那时的光景，体验到了那时的心理，好像它历历地正在被实施。而且，如果是往常，只是这样我就停下来了，可是，由于空想过于接近真实，我终于开始真的实施了。完全是在空想的左右下糊里糊涂地做的。一旦成为我这样的人，并不会感觉到空想与实施之间有多大的差距，因此，本打算空想的却在不知不觉中实践，本打算实践的却在不知不觉中空想，因为像这样的事要多少有多少，所以稀里糊涂地做比起其他来说，是正直的告白。只是，我在空想中没有好好考虑指纹的事。空想和实践不同的地方就只有这一点了。——如果我的空想再精密一些，在指纹这件事上再更加细心地留意一下，恐怕所有的事情都会按照考虑好的那样进行吧。在很长时间内我的罪行都不会被发现吧。被发现了也不是什么坏事情，但是，让我接受刑罚这种肉体方面的痛苦会让我不喜欢。”

然后，不久中村被 F 侦探带走了。

“保重！”他在走出书斋的时候一边冷笑，一边回头看看在座的人说道，“早知如此，只要空想就行了啊！——看起来好像还是我极其不走运呀。”